여의도 격정토로

대한민국,
안녕하십니까

대한민국,
안녕하십니까

2011년 10월 10일 인쇄
2011년 10월 15일 발행

지은이_ 송영선

발행인_ 박광규
편집인_ 김진술
디자인_ 김왕기

펴낸곳_ 북앤피플
등록_ 제406-2011-000078호(2010. 11. 4)
주소_ 파주시 교하읍 오도리 27-10
전화_ 02) 2277-0220   팩스_ 02) 2277-0280
이메일_ jujucc@naver.com

ISBN 978-89-966529-2-2   03810

* 잘못된 책은 바꾸어 드립니다.
* 값은 뒤표지에 있습니다.

여의도 격정토로

대한민국, 안녕하십니까

송영선

북앤피플

나는 영원한 안보파수꾼이고 싶다

대나무는 속이 없는 것이 아니라, 스스로 비운 것이다. 4년을 땅 속에서 더디 자라지만, 지상으로 솟는 순간 거침없이 하늘을 찌른다. 갈대도 거친 바람에 휘어지거나 부러지지 않는다. 대나무와 갈대의 힘은 깊은 데서 나온다.

18대 국회에서 나는 대나무의 스스로 비우는 법을 배우고 싶었다. 갈대의 부러지지 않는 단단함을 실천하고 싶었다. 물론 완전하게 깊은 뜻을 펼치고 실천하지는 못했지만 정치가로서 내 몫의 깊고 단단한 기반은 다졌노라고 말하고 싶다.

나는 2004년 한나라당 국회의원으로 여의도에 발을 들여놓았다. 아마도 여성으로서 한국국방연구소 안보전략센터 소장, 일본 방위대학교 초빙교수 등 20여 년간 국방·안보전문가로의 활동이 국회의원의 자격에 값할 만하다 여겨서 소중한 자리를 맡겨주신

듯하다.

　지금까지 나는 국방안보전문가로 국가안보를 위협하는 외부로부터의 위험에 대비하고 대한민국의 안전을 확보하는 데 필요한 다양한 의정활동을 펼쳤다. 우리 국방시스템의 잘못된 관행과 무기획득체계의 불합리한 제도, 장병들의 사기진작과 근무여건 개선 등 많은 부분에 대한 문제점을 제기하고 대안을 제시했다. 나는 이러한 의정활동이 국가 국방정책수립에 일부분이라도 도움이 되었다는 데에 만족한다.

　T-50을 타고 한반도 상공에서 바라본 성냥갑마냥 작았던 지상의 빌딩과 공장, 건물들을 바라보며 대한민국의 눈부신 성장에 가슴 뿌듯한 희열을 느꼈었다. 눈부신 변신이었다. 엄청난 발전이었다. 한국전쟁의 폐허와 가난의 질곡 속에서 세계로부터 원조 받던 나라가 세계에 도움을 주는 G-20 주빈국이 되었다. 세계 무역 10위권의 선진국으로 화려하게 비상하고 있다.

　지난 7년간의 치열했던 의정활동을 정리한 《대한민국, 안녕하십니까》를 발간하면서 많은 부분이 부족했다는 것을 깨달았다. 안보 파수꾼 송영선에 대한 ‘국민의 기대와 성원, 그리고 따끔한 질책’이 모두 나에게는 무엇보다 큰 힘이다.

나는 국회의원으로서 많이 부족한 사람이다. 나는 아직도 정치가가 아니다. 숙달되고 세련된 정치가가 되지 못하고 있다. 타협도 협상도 서투르다. 이런 내가 쟁쟁한 동료 국회의원 사이에서 살아남을 수 있었던 건 무엇이었을까? 그건 아마도 30여 년을 한결같이 연구하고 실천해 온 국방과 안보에 대한 헌신이 아니었을까. 그저 부족한 능력을 국회의원으로 부끄럽지 않는 의정활동을 해야 한다는 소신을 갖고 최선을 다해 열정을 쏟는 것으로 채웠다.

대한민국 성장의 의미를 새기며 우후죽순의 뜻 깊은 가치를 되새겨본다. 비온 후에 쭉쭉 자라는 대나무의 새순처럼 세계 속에 웅비하는 대한민국을 이루기 위해 이제 다시금 신발끈을 고쳐 메고 산소와도 같은 안보와 국방의 중요성을 되짚어본다.

나무는 하루아침에 자라지 않는다. 나는 한 치라도 꿈을 더 키워 보다 멀리 보기 위해 오늘도 까치발로 창밖을 본다. 행복하고 따뜻한 세계 속의 일류국가인 나의 조국 대한민국을 꿈꾸며….

2011년 10월
송영선

차례

5. 에필로그

1

프롤로그

세상을 바꾸는
아름다운 '한 사람'

인생에는 숱한 오솔길이 있다. 나는 그 모든 오솔길을 다 가보진 못했다. 지금 가고 있는 이 길을 버리고 다른 오솔길을 선택했으면 어땠을까? 가끔은 후회한 적도 있지만 야트막한 산허리를 휘돌아 가는 편안한 길보다는 등성이로 이어지는 가파른 언덕길을 숨차게 올랐던 적이 더 많았던 것 같다.

나는 어릴 때부터 어렴풋이나마 '내 인생은 결코 순탄한 날들만 이어지지 않으리란 걸' 직감해야만 했다.

나는 태어나면서부터 주위 환경에 의해 남자처럼 자라지 않으면 안 되는 아이가 되고 말았다. 집안에 사내아이가 태어났지만 얼마

못 가 세상을 떠나버려 달랑 나 하나 남겨지게 되었다. 이런 가정사로 인해 나는 사내아이처럼 커야했지만 문제는 사내아이라고 우기기엔 너무나 병약하게 태어났다는 것이다. 나는 태어날 때만 해도 '사람 구실이나 제대로 하겠나' 싶을 만큼 너무도 허약한 아이였다. 태어나서 3살까지 일어나서 걷지도 못했다. 소아거식증에 걸린 것이다. 먹으면 다 토하고 먹으면 또 토하곤 했다. 하도 기운이 없어서 3살까지 일어서서 걷지도 못하고 비실비실 기어 다녔다. 그러다보니 엉덩이가 물러서 까맣게 멍이 들곤 했다. 정말 참담했던 건 초등학교 다닐 때 내 몸무게가 28kg밖에 나가지 않았다는 것이다. 수수깡처럼 깡말라 비실비실하며 눈만 껌벅거리며 멀뚱멀뚱 걸어 다닌다고 해서 붙여진 별명이 '소눈깔'이었다.

이렇게 허약하고 기운이 없는 아이이다 보니 당연히 운동은 늘 꼴찌에서 몇 번째였다. 그래서 가을운동회가 되면 어머니는 스트레스를 엄청 받으시곤 했다. 어머니는 뭐든지 하면 '1등을 하라' 고 할 정도로 승부욕이 강한 분이었다. 이런 어머니였으니 당연히 운동회에서 내가 달리기를 하면 당당히 1등을 해서 상품을 타오는 걸 보고 싶어 하셨다. 그런데 어디 내 힘으로 그게 가당키나 했을까? 내가 안 되니까 어머니가 나서셨다. 어머니는 '학부모와 함께 뛰는 달리기' 순서가 오면 꼭 참여하곤 했다. 출발을 알리는 힘찬 총소리와 함께 어머니는 내 한쪽 팔을 끄집어 당겨서 내쳐 달리는 것이었다. 그러면 나는 어머니 팔에 이끌려 공중에 붕붕 날아다녔다. 그렇게 어떻게 달렸는지도 모르게 달리다보면 어느새 어머니와 함께 1등을 하곤 했다.

나는 어릴 적의 공포감에서 벗어나서 살아남기 위해서 하체운동을 열심히 했다. 너무나 절실했기에 그 공포심으로부터 도망도 칠 수 없었고, 그것을 극복하기 위해 이런 저런 운동을 열심히 하다보니 웬만한 운동은 못하는 것이 거의 없게 되었다.

어릴 때 이미 세상에 대한 공포를 맞본 철부지 꼬마는 세상이 결코 만만치 않다는 걸 자기 식으로 터득해 나갔다. 한번 하면 끝장을 봐야 그 일이 무섭지 않았다. 그래서 공부든, 놀이든, 춤이든 간에 무조건 끝장을 볼 때까지 자신을 던졌다. 그렇게 중·고등학교를 거쳐 경북대학교까지 뭐든지 1등만 했다. 중요한 건 공부만 잘해서는 세상이 또 덤빌 것만 같았다. 그래서 열심히 뛰고, 열심히 춤추고, 열심히 떠들었다.

나는 자랄 때부터 유난히 '딴따라' 기질이 몸에 밴 아이였다. 초등학교도 들어가기 전부터 천둥벌거숭이처럼 시장과 마을회관을 바람처럼 누비고 다니며 노래를 부르고 사람들을 웃기던 대책 없는 가시내 장돌뱅이였다. 그런 끼는 반쯤은 타고난 것이었고 반쯤은 어머니의 극성스런 뒷바라지 때문에 가능한 것이었다. 주위 사람들을 즐겁게 해놓지 않고는 못 견디는 이 못 말리는 '딴따라' 기질은 이후에도 내 인생에 그림자처럼 따라붙어 다녔다. 초등학교에서 중고등학교, 대학교, 국회까지 '송영선은 분위기메이커'라는 별명을 훈장처럼 달고 다녔다.

고등학교 다닐 때도 나는 튀는 존재였다. 정말 못하는 게 없었다. 항상 응원단장이었다. 웅변대회에 나가서도 많은 상을 탔다. 백일장도 많이 참가했다. 노래도 잘했다. 만우절에는 많은 선생님들을 놀렸다. 그래서 선생님들은 내가 문제학생인 줄 알고 계신 분도 있었지만 반에서 성적은 항상 1, 2등이었다. 그리고 12년 개근이었다.

수학여행이 다가오면 내 꾹꾹 숨겨놓았던 끼가 발동하기 시작했다. 당시 수학여행을 며칠 앞둔 HR 시간에 칠판에다 가사를 썼다. 수업에 들어오시는 모든 선생님들의 별명을 칠판에 쫙 쓰고 나서 각자에게 맞는 유행가 가사를 지어드렸다. 선생님 별명에 맞는 노래를 가요에다 개사를 해서 학급 학생들에게 다 익히도록 했다. 그 가사를 항상 밤새 손으로 써서 몇 십장을 만들었다. 그렇게 해서 수학여행 가기 전까지 아이들한테 노래를 다 가르쳐 줬다. 예를 들면 2학년 때 3반 담임선생님 별명은 '정어리'다. 본명은 정낙근 선생님으로 물리를 가르치셨는데 말하는 게 좀 어눌했다. 그래서 내가 붙여준 별명이 정어리다. 그리고 개사곡은 "우리나라 괘기 괘기 괘기 삼천리 강산에 정어리 괘기" 뭐 이런 식으로 지었다.

이렇게 만반의 준비를 하고 속리산으로 수학여행을 갔다. 수학여행을 가면서 기차간에서 그 많은 걸 다 불렀다.

경북여고 다닐 때는 또 전국웅변대회에 나가서 상도 많이 받았다. 그땐 참 왜 그렇게 하고 싶은 게 많았는지…. 웅변도 하고, 백일장이란 백일장도 다 나가고, 무슨 무슨 콩쿠르에도 꼭 나갔다.

경북여고 선생님들 중에는 아직도 내가 졸업식장에서 2등으로 우등상을 받던 때의 충격을 잊을 수 없다고 말하는 분들이 많다. 고등학교 때 나를 안 가르쳤거나 담임을 안 하신 선생님은 내가 매일 아이들하고 수다나 떨고 쉬는 시간이면 좀체 가만히 있지를 않아서 나를 소위 '노는 아이축'에 드는 학생인 줄만 알았다고 한다. 그런데 졸업할 때 문과 1등이 홍기옥이었고, 내가 2등을 했다. 요 대목이 아직까지 선생님들이 잘 이해가 안 되는 대목이라고 선생님들끼리는 무척 수군거리곤 하는 모양이다.

나는 초등학교 때부터 대학을 졸업할 때까지 집에서 공납금을 받은 적이 없다. 박사학위를 받을 때까지 집에서 공납금을 받아가 본 적이 없다. 박사학위도 경북대에서 주는 장학금으로 공부를 했다. 지금 생각해 보면 하느님이 나한테 딴 돈은 잘 안 주시는데 공부하는 돈은 꼬박꼬박 마련해 주셨던 것 같다. 그래서 일본 게이오대학 가서 공부할 때도 일한 교류기금, 미국 내슈빌센터 풀 스칼라십에서 박사학위를 받을 때도 스페셜 장학금으로 공부를 했다.

한번 하면 끝장을 봐야 하는 내 승부근성이 십분 발휘된 때는 바로 경북대 단대 등반대회였다. 이 대회는 사범대, 법대, 가정대 이런 식으로 각 단과대학별로 팀을 구성해 경북대에서 출발해 팔공산까지 갔다가 공산초등학교를 거쳐 다시 경북대까지 구보로 오는 대회였다. 이 코스는 경북대에서 팔공산까지는 걷다가 불로동부터 경북대까지 7~8km쯤 되는 거리는 구보로 뛰어서 오도록 룰이 정해져 있었다. 여기서 중요한 것은 구보구간에서는 팀원 중 한 사람이라도 낙오하면 팀 전체가 탈락한다는 게 핵심 경기 규칙이었다. 그런데 우리 사범대 팀에서 잘 뛰다가 남학생 한명이 탈락을 했다. 진짜 입에 거품을 물고 쓰러졌다. 그래서 그 남학생 짐을 목에 걸고 남학생을 부축해서 경북대까지 죽을힘을 다해 함께 뛰었다. 그 결과 우리가 1등을 했다. 이 사건은 당시 사범대학의 전설 같은 이야기이다. 아마도 나는 그때부터 뭘 하나 하면 끝까지 책임을 지고 완수하고야 마는 지독한 승부근성이 생겼던 것 같다.

내가 경북대학교를 다닐 때 교수님들은 내가 운동에 너무 열중하곤 하니까 대학을 졸업할 때까지 나를 사대 체육과 학생으로 알았다고 한다. 어떤 선생님은 그저 내가 공부는 안 하고 맨날 학교에 놀러만 다니는 학생인 줄 알았단다. 하지만 난 당당하게 경북대 전체 수석으로 졸업을 했다. 그해 사범대학 상은 문교부장관상이었다. 졸업식장에서 내가 문교부장관상을 받자 교수님들이 이구동성으로 "야 너 공부도 잘 하네" 하고 놀람 반 웃음 반의 표정을 지었던 것을 아직도 잊을 수 없다.

나는 경북여고 42회 졸업생인데 우리 학교는 48회까지 정식 입학시험을 보고 들어갔고 49회부터는 소위 '뺑뺑이' 추첨으로 들어갔다. 누가 경북여고 나왔다고 하면 첫 질문이 "니 송영선이 아나?"라고 물어보는 것이 진짜 경북여고 출신인지 아닌지 기준대가 되었다. 진짜 송영선을 안다고 하면 "응 니 경북여고 나온 거 맞구만" 하고 인정해 준다는 것이었다. 경북대학교에서도 사정은 마찬가지. 누가 경대 나왔다고 하면 "니 송영선이 아나?" 하고 물어봐서 안다고 하면 경북대 졸업생이고 모른다고 하면 경대 안 나왔다로 자동결론을 내려버렸다.

나는 이처럼 나름대로 포복절도할 수많은 사건사고를 일으키며 선머슴 같은 경상도 가시내로 경북여고와 경북대학교를 거쳐 미국 유학을 갔다. 그리고 미국 유학 생활을 하면서 운명적으로 롬멜 교수를 만나 하와이대학교에서 국제정치학을 공부하게 되었다. 그러면서 본격적으로 '국가안보'에 대해서 공부하고 정치학박사가 돼 국내로 돌아와 한국국방연구원 연구원으로 20여년을 근무하게 된다. 이후 일본방위대학 초빙교수, 호주방위대학 초빙교수, 동경 Temple대 교수, 동티모르 평화유지활동 교관을 거쳐 국방연구원 안보전략센터 소장의 자격으로 제17대 국회의원이 될 수 있었다.

'목표에서 눈을 떼지 마라'

나의 좌우명이다.

우리는 목표를 꿈과 비전 등 다양한 용어로 표현한다. 그것이 무엇이라도 좋다. 꿈이라 불리던, 목표라 불리던, 무엇인가 하고자하는 지향점이 분명한 삶을 살아야 한다. 자신의 삶을 사랑하면 가장 좋겠지만 최소한 무관심하지는 말아야 한다. 목표가 없는 삶이란 자신의 인생에 무관심한 것이기 때문이다. 나는 범죄행위나 타인에게 피해를 주지 않는 것이라면 어떤 것이라도 삶의 가치를 느낄 수 있도록 목표를 설정한 삶을 살아야 한다고 생각하고 그렇게 살고자 노력했다. 이것이 내가 살아가면서 지키고자 했던 나만의 인생철학이다.

2

대한민국은
안녕한가?

새로운
안보를 찾다

나는 지금까지 한국국방연구원 연구원을 시작으로 제17대, 18대 국회의원으로 활동하면서 30여년을 오로지 '국가안보' 만 생각하고 연구해 왔다.

우리가 '안보'에 대해 관심을 기울이기 전에는 '안보는 안 보이는 것이 안보'라고 생각할 정도로 생활에 밀접하게 와 닿는 개념이 아니라고 느낄 수가 있다. 하지만 평생을 '안보'라는 주제를 갖고 연구하고 활동해 온 내 의식 속에는 안보는 24시간 눈을 뜨나 눈을 감으나 밥을 먹으나 잠을 자나 늘 곁에 두고 생각해야 할 '공기와도 같은 존재' 였다.

안보는 산소이다. 평소에 안보는 보이지도 않고 피부에 와 닿지도 않아 그 소중함을 모른다. 하지만 국가에 위급한 상황이 벌어지거나 예기치 못했던 전투상황이 실제로 벌어지면 평소에 얼마나 준비했느냐에 따라 위기를 대하는 국가나 국민의 반응이 천차만별일 수밖에 없다. 안보는 실제로 일어날 수 있는 국가위기상황이나 비상사태에 대비해 평소에 준비해야 하는 것이다. 우리가 일상생활을 하면서 산소가 없다면, 얼마나 큰 고통을 겪을지, 우리 생명이 어떻게 위협받을지 상상조차 할 수 없듯이 안보도 준비하지 않으면 국가 존립의 위기상황이 초래될 수도 있는 대단히 중요한 개념인 것이다.

내가 지금까지 활동했던 '국방안보전문가' 로서의 '안보활동'은 크게 두 가지 측면으로 나누어 볼 수 있다. 국방연구원의 연구원으로 재직하던 시절부터 제17대 국회의원으로 의정활동을 하던 때까지는 '전통적 안보개념'에 입각해 국방안보활동을 했고, 18대 국회의원으로 의정활동에 매진하는 현재는 신안보개념에 입각해 안보 · 방재 · 국방 · 복지활동에 전념하고 있다.

필자가 17대 국회의원 때까지 갖고 있었던 '전통적 안보 개념'은 국가안보(國家安保)였다. 여기서 말하는 안보(安保)란 안전보장(安全保障)의 준말로 전통적으로 국가가 외부로부터 공격 · 침략을 당하는 것에 대비하여 자국의 안전을 유지 및 확보하는 활동을 의미한다.

그런데 2000년대를 넘어오면서 전통적 안보개념에 새로운 가치가 부여된 '신안보' 개념이 등장하기 시작했다. 이는 21세기의 탈냉전과 상품, 자본, 노동시장이 개방되는 세계화, IT기술의 발전으로 인해 국가안보의 개념이 확장된 것이다. 즉 기존의 전통안보가 영토 및 주권의 보존을 의미하는 군사안보가 주축인 개념이라면 21세기의 신안보는 군사안보와 더불어 경제안보, 생태안보, 사회안보, 사이버안보까지 그 범위가 확장된 전방위적인 안보개념으로 바뀌게 된 것이다.

구분	국가이익/가치	위협형태
군사안보	영토 및 주권의 보존	전쟁/ 국경분쟁/테러리즘
경제안보	성장, 복지, 배분, 고용, 시장 확보	체계적 취약성/ 쌍무적 민감성
생태안보	국민의 유기적 보존 및 번성	인구폭발/ 자원 부족/ 환경위기/ 전염병
사회안보	사회적 안정 및 총화	마약. 조직범죄/종족갈등/ 종교갈등/ 테러리즘
사이버안보	생존. 번영, 안정	통신 컴퓨터 시스템 마비/ 컴퓨터 해킹. 안보체계 마비

나는 17대 국회에서 국방위원회와 정보위원회 소속 국회의원으로 국방안보전문가로서 국가안보를 위협하는 외부로부터의 위험에 대비하고 자국의 안전을 유지 및 확보하는 데 필요한 다양한 의정활동을 펼쳤다. 이를 위해 국방부와 육해공군 본부, 병영, 방위산업체를 누비며 국가안보의 중요한 정책과 대안을 제시해 나갔

다. 17대 국회에서 나의 싱크탱크가 되어준 '국회 안보포럼'은 필자
가 심혈을 기울여 운영했던 국회의원들의 순수 연구단체였다. 안
보포럼에서는 다양한 연구활동과 세미나, 포럼, 특별전시회를 통
해 국회의원들의 안보의식 함양과 대국민 안보홍보를 활발하게 펼
쳤다. 필자는 안보포럼의 대표의원으로 있으면서 2005년에만 라
포트 주한미군사령관 초청간담회(5월), 리빙 중국대사 초청특강(6
월), 여성의 국방참여 확대방안에 관한 포럼(7월), 국방무기 포럼
및 프라모델 전시회(12월) 등을 개최할 수 있었다.

또한 국회의원의 기본업무라 할 수 있는 국정감사를 통해 국가
안보에 관한 우리 군의 준비태세 및 군 전력 누수상태 등에 대해
날카로운 질문과 해결방안 모색을 주문했다.

2004년 10월 국정감사에서는 지난 10여 년간 군전력 강화사업
과 관련해 10여 차례의 군사기밀 누설사건의 문제점을 밝혔고,
2005년 9월에는 우리 국산장비들이 예산부족으로 정비 불량에 이
른 한심한 작태를 고발했다. 2006년 10월의 국방부 국정감사에서
는 핵을 포함한 북의 비대칭 무기에 대한 우리 군의 대비태세가 허
술함을 질책했다.

필자는 17대 국회 의정활동을 통해 정부의 국방개혁, 군 구조 개
편(군복무단축 등)과 같은 우리 국방에 직접적이고 전면적 변화를
가져오는 정책 추진과 이에 따른 문제점을 지적해 우리 군의 건강
한 미래를 위한 밑돌을 놓는 데 나름대로 일조를 했다. 그중에서도

FMS(Foreign Military Sales) 방식으로 대외무기 구매 시 무기 등급 체계를 3등급에서 2등급으로 올리는 사업은 국방전문가로서 자부심을 가질 만한 의미 있는 사업이었다. 당시 나는 한국의 무기 구매 등급을 2등급으로 올려 보다 싼 값에 무기를 구입할 수 있는 효과적인 제도를 마련하기 위해 뜻을 같이하는 몇 몇 국회의원과 국방부 담당자들과 함께 미의회와 국무성 등에 협조를 구하는 일에 매진했다. 그 결과 우리의 FMS 등급을 2등급으로 격상시키는 데 성공했다.

이처럼 17대 국회에서 전통안보 중심의 국방안보전문가로 활동했다면 18대 국회에서는 앞서의 전통안보에 신안보 개념과 생활안보까지를 더한 21세기형 국민생활안보 개념에 입각한 신안보에 집중해 활동을 펼치고 있다.

필자가 생각하는 새로운 패러다임의 신안보 개념은 영토 및 주권의 보존, 전쟁이나 국경분쟁, 테러리즘 방지 등을 다룬 전통적인 군사안보 개념과 인구폭발이나 자원부족, 환경위기 등을 다루는 생태안보, 마약이나 조직범죄, 종교 갈등, 테러리즘 등을 다루는 사회안보, 컴퓨터 시스템 마비나 컴퓨터 해킹 등을 다루는 사이버안보까지를 다 아우르는 생활밀착형 안보이다.

이러한 신안보 개념에 밀접한 의정활동을 펼치기 위해 필자는 지난 2010년 4월 국회에 '안보·방재포럼'을 창립해 다양한 안보

위협으로부터 국가와 국민을 지키고 재해를 예방하는 국가 차원의 사업을 펼치고 있다.

최근에 빈발하고 있는 대형사고에도 불구하고 정부기관의 재해 관리 및 대응은 역부족으로 이미 구조적인 한계를 드러내고 있다. 최근 우리나라는 산업화에 따른 지구온난화와 기후변화로 천재지변이 빈번히 일어나 대규모 인명사고를 유발하는 한편, 도시화 현상과 인구집중으로 전기 및 가스시설이 밀집되어 각종 재해의 위험이 상존하고 있다. 화재, 폭발, 산불 등의 인위재해와 폭우, 지진 등의 자연재해는 전국 각지에서 빈발하고 있어 종합적인 대책이 요구되고 있다. 이러한 대규모의 다양한 재난형태에 대하여 방재의 사전예방, 위기 시 효율적인 방재체재의 구축, 재난 후 수습 및 보상에 이르는 효율적이고도 체계적인 재난대응기구가 필요하다.

최근에는 이밖에도 외부세력에 의한 테러와 더불어 눈에 보이지 않고 피부에 와 닿지 않는 안보위협도 있다. 바로 사이버테러이다. 특히 우리나라와 같이 IT기술이 발달하고 IT제품 활용도가 높은 국가일수록 그 위험도는 더 크다고 하겠다. 우리는 지난 2009년 7월 7일 발생한 DDos 공격을 기억하고 있다. 또한 2011년 3월에 발생한 농협 전산망 해킹 테러도 있다. 앞으로 이러한 금융기관을 타깃으로 한 사이버테러는 전자금융 서비스 지연 및 중단 등으로 인한 사회적 혼란은 물론 경제적 피해까지 초래할 수 있음을 명심해야 한다. 보안의 사각지대에 놓여 있다고 평가되고 있는 전자금융

분야의 보안대책 마련이 시급한 이유가 여기에 있다.

세계 유일의 분단국가인 우리나라에서 일시적, 장기적 안보공백은 곧 연평해전, 대청해전과 같은 북한의 군사 도발로 이어질 수도 있으므로 자연재해와 재난 피해를 최소화할 수 있는 시스템 구축이 필요하다.

이렇듯 대한민국의 안보를 위협하는 요소는 반세기동안 계속되고 있는 군사적 위협을 포함, 테러 세력에 의한 공격과 사이버 테러, 자연재해와 재난 등으로 점차 확대되고 있다.

이에 대비한 범국가적 안보종합대책이 절실한 시점이다. 안보·방제포럼은 아이티, 칠레 지진 이후 대한민국도 자연재해 및 재난에 취약한 안보시설, 산업시설의 방재시스템을 개선하고 제도화를 마련할 필요가 있다는 취지하에 추진된 국회의 안보 재해 방지 전문 기구이다. 지난 2010년 4월 7일 창립총회를 개최하고 본격적인 활동에 돌입했다.

'안보·방재포럼'은 이인제, 김무성, 최연희 의원을 비롯한 국회의원 39명과 학계 기업인 40여명이 회원으로 가입하여 활동하고 있다. 현재 3개 소위(방재소위, 테러/국방소위, 금융보안소위)를 구성해 활발한 활동을 벌이고 있다.

현재 안보·방재 포럼에서는 지진, 홍수와 같은 자연재해나 재난과 공공시설 테러, 금융시장의 사이버테러, 그리고 사스, 구제역과 같은 전염병에 대한 우리의 대응시스템에 대한 점검과 확충을 위한 활동을 열심히 펼치고 있다.

불행하게도 최근 들어 안보·방제포럼에서 주요 의제로 다루었던 지진(일본 대지진)과 사이버범죄(농협 해킹)가 현실화되고 있다. 또한 구제역 파동, 도심 한복판(강남 일대 마비) 수해, 우면산 산사태 등이 발생해 대한민국 방재시스템의 부재를 드러내며 국가 차원의 대책 마련이 시급해졌다. 안보·방재포럼의 활동이 더욱 절실히 요구되고 있는 이유이다.

이처럼 군사안보와 사회안보, 생태안보를 포괄적으로 아우르는 21세기형 안보가 신안보라면 요즘 필자가 관심을 갖고 있는 또 하나의 안보는 삶의 안보이다. 필자는 국민들의 행복과 안녕을 추구하는 복지를 삶의 안보로 규정해 다양한 복지제도 마련에 노력하고 있다. 안보의 의미가 '안전 보장'에 있다면 우리 국민들의 삶의 행복과 번영을 위협하는 다양한 사회문제로부터 국민들을 안정적으로 지켜주는 것이 삶의 안보라고 할 수 있다. 이러한 삶의 안보를 실현하기 위해 필자는 각종 사회보장제도의 확립, 다문화가족 사회보장제도 마련, 외국인의 국내 거주를 위한 사회통합부 신설, 탈북자들의 생활보장제도 마련 등을 위해 노력하면서 21세기 국제화시대를 살아가는 대한민국 국민들의 행복추구권을 지키기 위해 미력하나마 힘을 보태고 있다.

이밖에도 필자는 새로운 시대가 요구하는 신안보 개념에 발맞춰 국민생활밀착형 안보를 펼치기 위한 다양한 활동들을 18대 국회에서 하고 있다. 이를 위해 국민 개개인이 스스로 자신의 삶을 안전하게 지켜낼 수 있는 시스템을 만들고자 하며, 건강, 교육, 취업, 보육, 노후생활보장 등 국가 차원의 보호대책과 생활안전보장 시스템을 확보하기 위해 관계기관과 협의해 현실적인 방안을 마련하기 위해 노력하고 있다.

나는 18대 국회에서 경제, 생태, 사회, 사이버 안보 등 신안보에 더욱 많은 관심을 갖게 되었다. 그러면서 자연스럽게 안보에 대한 새로운 개념에 입각한 국민생활안전망 마련을 위해 노력하면서 정치인으로 거듭나게 되었다. 이처럼 새로운 시각의 생활안보를 실천해 가면서 기존의 군사안보에서 다루었던 군 문제도 국민과 병영의 생활안보차원에서 접근하게 되었다. 제대군인 가산점부활, 현역장병의 병영생활 개선(식수, 식품, 의류, 의료 등) 문제제기 등이 이러한 내 고민의 일단을 실천하는 과정이었다.

이러한 활동들을 통해 군사안보 전문가로 출발한 내 정치활동이 국민생활의 안보를 책임져야 하는 정치가로 발전하게 되었다.

이스라엘 국민들은 교육의 목적을 국가의 존재이유와 국민의 의무를 가르치는 데 두고 있다. 이스라엘 국민들은 자녀들이 어렸을 때부터 투철한 국가관과 애국심을 철저하게 가르쳐 누구의 아들딸이라도 먼저 국가를 위하고 그 다음으로 가족을 생각하도록 하는 교육을 몸에 배도록 하고 있다.

나는 학문의 정점(頂點)에서 만난 국제관계와 안보전략에 관한 소중한 연구들을 통해 작금의 감상적인 민족공조가 아닌, 이성적인 민족화해로의 유일한 길은 우리를 알고, 북한을 알고, 미국을 알 때 비로소 '숨쉬기에 편안한 공기 같은 안보환경'을 열매로 얻을 수 있다는 것을 뼈저리게 느꼈다.

나는 국방현안에 있어서만큼은 철저한 문제의식을 가지고 임하기 때문에 늘 자신 있고 당당하게 국방전문가로서의 소신과 신념을 펼칠 수 있었다. 이것이 국내 유일의 국방안보전문가로서 지금까지 내가 존재할 수 있었던 힘이자 에너지였다.

핵 주권의
불편한 진실

　연평도 포격사건이 터진 지 불과 9개월 만에 북한은 또다시 연평도 인근 해상에 다섯 발의 해안포를 쐈다. 지난 8월 10일 오후 1시와 오후 7시 46분 두 차례에 걸쳐 북한은 서해 연평도 인근 해상에 포탄을 퍼부었다. 그 시각 정부는 영유아용 영양식과 라면 등 모두 50억원 상당의 대북 수해지원 물품을 전달하겠다는 대북 통지문을 보냈다. 그날 우리 국방장관을 겨눈 암살조를 국내에 잠입시켰다는 첩보도 흘러나왔다. 또한 중국의 항공모함 '바랴크'가 발해만 해역에서 시험항해를 했다.

　서해엔 100년 만에 항공모함을 앞세운 중국의 대양(大洋)해군이 뜨고, 북한이 연평도를 향해 9개월도 안 돼 다시 포탄을 발사하고,

우리 요인을 상대로 테러를 계획하고 있는데도 우리는 미국발 경제위기설에만 정신이 팔려 있다.

지금 한반도는 국가 안보가 위협받고 있는 절체절명의 위기상황이다. 우리에겐 스스로 이 땅을 지켜야 할 강력한 의지가 절실하다. 이제 우리는 국가보위의 차원에서 핵 주권을 얘기할 시점이 됐다.

북한은 2009년 5월 25일 제2차 핵실험을 감행했다. 2차 핵실험은 우라늄 핵실험 가능성이 있다. 북한은 지난 10년 동안 이미 70차례가 넘는 고폭실험을 실시하였고, 핵실험 직후 감지했던 인공지진파와 공중음파를 감안하면 북한이 핵실험을 감행했음은 돌이킬 수 없는 사실이 되었다. 다만 방사능 물질이 검출되지 않았다는 점을 감안할 때 북한의 2차 핵실험은 플루토늄 핵실험이 아니라 우라늄 농축 핵실험이었을 가능성이 높다. 따라서 이제 북한은 우라늄 농축 시설과 기술뿐만 아니라 핵무기화할 수 있는 고농축 우라늄을 보유한 핵무기 보유국이 되었다.

그렇다면 우리의 핵무장 기술은 어디까지 왔는가? 결론부터 말하면 우리는 핵무기 생산의 기초적인 시설조차 갖추지 못하고 있다. 혹자는 우리가 원자력발전 선진국이기 때문에 핵기술도 비밀리에 갖추었으리라고 추측하는 사람도 있을 것이다. 그러나 원자력대국과 핵기술 보유국은 전혀 별개의 문제이다. 원자력은 우라늄 원소기호를 상당히 낮은 것으로 사용해 그것을 발전에 쓰는 것이고, 핵무기를 만드는 우라늄은 굉장히 고순도여야 한다. 설사 우리가 핵탄두의 재료인 정연된 우라늄을 가지고 있다고 해도 순도 99% 이상의 우라늄을 만들어야 핵탄두를 만드는 재료로 쓸 수 있는데 우리는 그 기술을 갖고 있지 않다. 순도 99%의 핵탄두를 만드는 기술은 두 가지이다. 플루토늄탄으로 만들기 위해서는 재처리 시설이 필요하고, 고농축우라늄탄으로 만들기 위해서는 고농축우라늄을 뽑아내는 원심분리기가 필요하다. 그런데 우리는 이 두 가지가 다 없다. 왜냐면 재처리시설은 1992년에 미국이 전술핵을 철수하면서 우리가 재처리시설은 가질 수 없다는데 합의했고, IAEA(국제원자력기구) 협약에 의해서도 재처리시설을 가질 수가 없다. 또한 IAEA 가입국 규정에 따라 고농축우라늄을 만들어내는 원심분리기도 가질 수 없도록 돼 있다.

그렇다면 지금 우리에게 핵무기의 필요성이 제기되는 이유는 무엇일까? 해답은 한반도 비핵화 과정에 있다.

1991년 11월 8일, 미국의 주도로 한반도 비핵화가 선언되었다. 그런데 20년이 지난 지금 한반도는 비핵화가 된 것이 아니라, 지구상에서 핵위협이 가장 높은 지역이 되고 말았다. 그리고 한반도 비핵화에 앞장 선 한국과 미국은 북한 핵의 볼모가 되었다.

비핵화를 하겠다는 일념으로 6차례의 6자회담, 2차례의 남북정상회담, 389회의 남북회담을 개최했으며 한국을 포함한 5개국은

11조 4,885억 원에 달하는 대북지원금을 퍼부어댔다. 그런데 그 결과가 아이로니컬하게도 북한의 핵개발이었고 두 차례에 걸친 핵실험이었다. 쌀과 돈을 퍼주면 김정일이 핵을 포기할 것이라는 기대는 너무 순진하고 허황된 기대였다. 과거 정권부터 이런 잘못된 인식을 만들어 여기까지 오게 된 것이다.

북한은 절대로 핵을 포기하지 않을 것이다. 왜냐하면, 김정일 정권은 핵이야말로 체제를 유지시켜 나갈 수 있는 최후의 보루라고 믿기 때문이다.

오늘날 우리가 북한 핵의 볼모가 된 것은 북한정권이 우리를 속인 것보다 우리가 김정일을 믿고 스스로를 속인 책임이 더 크다고 볼 수 있다.

그럼에도 불구하고 우리가 왜 자위적 핵개발론에 대해서 얘기를 해야 되나? 이유는 이렇다. 미국이 자신의 동맹국이 적국으로부터 핵위협을 받을 경우 자동적으로 개입해서 핵우산을 펴준다는 핵우산 정책은 실제상황에서 유효할 것이다. 그러나 이러한 미국의 공언에도 불구하고 북한이 우리에 대해서 계속해서 핵사용 위협을 되풀이하고 있다는 것은 김정일 정권이 미국의 핵우산 정책을 무시하거나 실전에서는 실질적인 역할을 제대로 하지 못하리라고 판단하고 있기 때문이다. 즉, 미국의 핵우산 정책이 제대로 발휘되지 못할 것이라는 판단에 북한은 별다른 위협을 느끼지 못하고 도리어 우리에게 핵사용을 하겠다는 위협을 하는 것이다. 따라서 진짜로 북한이 핵을 사용했을 때 바로 보복할 것이라는 실질적인 두려움을 갖게 하기 위해서는 우리도 북한의 핵사용 억제책으로 핵개발을 할 필요가 있다는 것이다.

싱가포르의 리콴유(李光耀) 전 수상은 "북한이 미국과 중국 사이에서 완충역할을 해주기 때문에 일본이 핵무장을 하는 한이 있더라도 중국은 북한의 핵무장을 막지 않을 것이다"라고 말한 적이 있다. 이것이 중국이다. 중국은 오직 그들의 경제성장, 그들의 이익만을 위해 6자회담 테이블에 앉았다. 중국이 우리를 위해 북한의 비핵화에 앞장서 주리라는 환상은 하루 빨리 깨쳐야 한다.

자국의 이익을 위해서는 우리가 우방이라 믿고 있는 미국 역시 마찬가지이다. 미국은 마카오에 있는 방코델타아시아은행(BDA)에 동결했던 김정일 자금을 해제해 주고 북한에게 중유를 주었다. 미국은 6자회담을 한국과 중국으로부터 경제지원을 얻어내는 수단으로 이용하려는 북한의 지원자 역할에 불과했다. 정작 우리에게는 북핵 폐기의 종료 시간표도 제시한 적이 없다. 그런데 우리는 6자회담에 모든 것을 걸고 "대화를 통한 해결, 평화적 해결"이라는 공허한 주문만 외우고 있다. 이에 필자는 우리의 자주적 생존권 확보와 북한의 핵위협에 단호하게 대처하고 북핵 폐기를 유도하기 위해 우리도 핵주권을 가져야 한다고 주장한다. 이를 위해 다음 3가지 대안을 제시한다.

첫째, 미국이 북핵 폐기 타임테이블을 설정하고, 그것을 이행하 겠다는 명확한 약속을 받아내야 한다. 미국은 지금까지 단 한번도 우리에게 언제까지 북핵 폐기를 완료하겠다고 말한 적이 없다. 그 런데도 우리는 기약도 없는 핵폐기 논쟁에 끌려만 가고 있다.

둘째, 미국이 타임테이블 설정과 그 이행약속을 거부하거나 불 분명한 태도를 취하면 한반도 비핵화 계획에 의해 92년 철수시킨 전술핵 재배치를 약속받아야 한다. 냉전시대, 미국은 서독의 퍼싱 미사일에 미국의 핵탄두를 장착하여 구소련진영의 동독을 견제했 다. 마찬가지로 미국의 전술핵 배치는 중국이 북핵 포기에 적극적 인 역할을 하도록 하는 압력이 될 수 있다.

마지막으로, 이러한 우리의 요구를 미국이 약속하고 이를 이행 하지 않으면, 우리는 최후의 수단으로 독자적 핵개발을 추진해야 한다. 물론 우리가 핵개발을 강행할 경우 미국이 반대하고 중국과 러시아가 비난하고 일본이 경계하는 등 우리의 핵무장 선언을 둘 러싸고 동북아의 또 다른 갈등의 불씨가 될 수도 있다. 그러나 대 치국가 간의 핵협상은 오직 핵으로만 가능하다는 것을 역사는 보 여주고 있다. 한반도 평화와 비핵화를 위해 우리는 지금이라도 핵 주권에 대해 전 국민과 함께 공개적으로 논의해야 한다.

사이버 테러,
총성 없는 '진짜 전쟁'

송영선 의원: 사이버 테러, 정말로 심각합니다. 북한은 정찰총국 110호실에 해커부대를 두고 600명의 정예 사이버전문가를 양성하고 있습니다. 이것이 아주 중요한 이유가 김정일이 2002년부터 이 사이버팀을 핵무기개발과 대등한 수준의 지원을 하는 최우선 전략개발 대상으로 선정해 김정일 개인 자금을 최우선적으로 지원하는 곳이라는 데 있습니다. 그리고 2012년 강성대국이 되기 위한 목표 중의 하나가 이 사이버전문가를 통한 것도 있습니다.(중략)

사이버 테러가 얼마나 위험한가? 북쪽에서 사이버 테러를 할 때 우리 수자원공사, 한국전력, 그 다음에 수도, 가스… 정말 대혼란이 올 수 있습니다. 북한이 한국가스공사만 공격을 해도 남한 전체는 아수라

장이 됩니다. 그런데 이 메모리 해킹이라는 것은 지난번 발생한 DDos 보다 더 위험한 것입니다. 왜냐하면 해킹 프로그램에 일단 감염되면 해킹 방지 프로그램이 전혀 작동을 안 하기 때문입니다. 무용지물이 됩니다. 이 메모리 해킹을 우리 금융기관 전산망에 침투시키면 계좌번호와 이체금액이 완전히 변조가 됩니다. 그래서 북한에 의해 감염된 계좌로 돈을 넣으면 북쪽이 해커 지정 계좌로 해놓은 데로 돈이 들어가게 됩니다. 개인한테 가는 게 아니고, 금전적으로 보면 이것은 피해 규모가 핵폭탄하고 비교도 되지 않습니다. 더구나 김정일의 최고의 관심사라는 것을 말씀을 드리고 싶습니다.

우리는 통일부에 사이버팀 있습니까?

현인택 통일부장관: 저희들은 그런 팀이 없습니다.

송영선 의원: 당장 준비를 해주십시오. '기무사의 3500명 특수요원 양성' 운운하며 막 떠들고 해서는 안 됩니다. 세계 최고의 사이버 국가가 북쪽의 이런 가능성을, 그것도 김정일이 2002년에 자기의 하나의 정책으로 내놓은 것을 우리 통일부가 준비를 안 한다는 것은 곤란합니다. 재고를 해주십시오.(2009년 10월 6일 국회 외교통상통일 국정감사)

사상 최악의 농협중앙회 전산망 마비 사태는 수개월간 치밀하게 준비한 북한 정찰총국의 사이버 테러에 의한 것으로 밝혀졌다.

국민들은 "세계 IT 강국인 대한민국이 고작 600명 정도의 북한 해커병사들한테 당했다"는 사실 자체에 참으로 충격적이라는 반응을 보였다. 그러나 나는 수년 전부터 "북한이 금융권에 대한 사이버테러를 감행할 것이다"라는 것을 예견했기에 검찰의 조사결과가 그다지 놀랍지도 않다. 오히려 필자는 천안함 폭침 때처럼 농협해킹 사건이 일어날 수 있다는 것을 관계요로를 통해 누누이 밝혔음에도 불구하고 속수무책으로 당한 대한민국이 오히려 충격적이다. 특히 북한의 사이버테러에 대한 대응책을 마련해야 한다는 주장을 수없이 했음에도 불구하고 무기력하게 당했다는 것이 참으로 개탄스럽다.

2009년 10월 6일 외교통상통일 국정감사에서 나는 사이버테러의 심각성에 대해 통일부장관에게 강하게 질책했다.

당시 나는 김정일 정권의 비대칭전략무기 중 하나로 사이버전을 지목했다. 그리고 북한이 우리 금융권에 메모리 해킹을 가하면 우리 금융기관의 해킹 방지 프로그램은 무용지물이 될 것이라고 전망했다. 그 경우 우리 금융권의 피해에 대해 "16개 금융기관의 전자금융 2,300만 계좌 이용자들의 입출금 정보를 교란시켜 총 28조원의 피해를 입힐 수 있다"고 우려를 표명했다. 국정감사에서 필자는 사태의 심각성을 통일부장관에게 일깨웠고, 통일부에 대사이버테러 팀을 시급히 만들어 북한의 사이버테러에 대비할 것을 주문했었다.

2009년 북한에 의해 저질러진 DDos 사태를 면밀히 분석하면서 우리가 어떤 해킹을 당할 수 있을지를 파악해보니 의도적으로 타인 명의의 예금주의 예금을 빼내서 다른 통장에 입금이 가능하겠다는 판단이 섰다. 예를 들면 필자가 은행에 돈을 찾으러 가서 본인의 구좌에 비밀번호를 넣었는데 비밀번호가 잘못되면 출금이 거부되게 돼있다. 그런데 북한의 해킹 시스템이 작동하고 있는 해킹당한 계좌라면 어떻게 될까? 정상적인 인터넷 뱅킹 절차에서는 예금주가 비밀번호를 잘못 누르면 은행에서 미리 차단이 돼야 한다. 그런데 북한이 사이버테러를 통해 해킹 시스템을 가동시키면 틀린 비밀번호를 넣어도 정상적으로 인증이 돼서 다른 구좌로 넘어갈 수 있도록 작동할 수 있다는 것이다.

우리나라가 하루에 인터넷으로 거래되는 현금이 2009년 7월 현재 28조였다. 2년이 더 지났으니 대략 30조라고 상정해 보자. 그런데 북한의 사이버테러에 의해서 실제로 인터넷대란이 발생하면 대한민국 5,000만 국민 전체가 대교란이 일어난다. 내 구좌의 돈이 다른 사람의 구좌로 들어가고 나에게 난데없이 엉뚱한 돈이 입금되기도 한다. 한마디로 대혼란이다. 실제로 이런 사태가 오면 인명피해는 덜하겠지만 사회교란면에서는 천안함 폭침이나 연평도 포격과는 비교도 할 수 없을 만큼 국가 대혼란사태가 오고 말 것이다. 만약 북한이 인터넷뱅킹 조작을 통해 자신들이 만들어놓은 대포통장으로 한국 예금주들의 돈을 빼낼 수 있게끔 유도한다면 상당한 경제적 타격까지 예상해볼 수 있다.

그런데 안타깝게도 우리의 이런 우려는 곧 현실이 될 수 있을 것으로 전망된다. 김정일의 강성대국 개념에는 군사, 경제, 과학기술이 다 들어가 있다. 특히 북한은 군사와 연계된 과학기술에 있어서 2003년부터 3천명의 사이버 전문 해커단을 국가 차원에서 집중적으로 양성하고 있다. 북한의 의무복무기간은 기본 10년인데 사이버테러단 전문가로 발탁되면 일단 국방의 의무가 면제가 된다. 또한 특별핵심노동당원 대우를 받는다. 그래서 북한의 사이버테러단의 해커능력은 우리보다 훨씬 뛰어나다고 볼 수 있다. 북한에는 아직 주민들의 가정에 인터넷망을 깔고 있지 않다. 우리나라는 전 세계에서 인터넷을 가장 많이 쓰는 국가 중에 하나로 2010년 조사에서 인터넷인구가 3100만이었다. 전체 인구의 68%에 해당하는 셈인데, 여기서 5살 이하의 어린이를 제외하면 전 국민이 인터넷을 사용한다고 볼 수 있다. 그런데 북한은 아직 인터넷을 안 쓰고 있다. 북한이 주민들에게 인터넷을 안 쓰도록 하는 이유는 주민통제를 위해서이다. 만약 북한에 인터넷이 들어오는 순간 북한은 개방개혁에 완전히 노출돼 정권이 무너질 위험이 높다. 따라서 정권 유지 차원에서 북한주민에게는 인터넷 사용을 금지하는 것이다.

북한은 주민들에게는 인터넷을 대중화시키지 않으면서 국가 차원에서는 고도의 해커를 양성시켜서 다른 나라를 침투하는 군사전략의 하나로 활용하고 있다. 사이버테러는 직접적인 살상을 가하지 않으면서 가장 경제적으로 사회적인 교란을 하고 국가중추기능을 마비시킬 수 있는 경제적인 대남파괴사업이다. 특히 북한이 사이버테러를 감행한 것은 이번이 처음이 아니었다. 북한은, 2003년에 이미 사이버테러를 시험 가동해봤다. 자신들이 만든 해커시스템을 한번 테스트해 봤다. 북한은 당시 큰 성과를 보진 못했지만 그 후 2009년 7월 7일에 DDos 사태를 통해 자신들이 만든 해킹 시스템을 시험해 봤다. DDos 사태 때 북한은 좀비프로그램을 장착한 컴퓨터 500여대를 이용해 남한에 DDos 사태를 주도했었다. 당시 미미한 바이러스 피해는 입었지만 그나마 계좌에서 현금이 인출되는 사태는 벌어지지 않아서 불행 중 다행인 사건이었다.

지금 북한의 남한 침공형태는 기존의 비대칭무기인 생화학무기, 핵무기, 미사일과 더불어 사이버테러 특수작전 수행의 형태로 확대 재생산되고 있다. 따라서 정부나 대북 안보관련 기관에서도 이 점을 충분히 염두에 두고 서둘러 대응책을 마련해야 할 것이다.

이번 북한의 농협해킹 사건은 자신들의 사이버 테러 능력을 테스트한 '맛보기'에 불과하다고 본다. 김정일은 북한의 후계구도 구축과 자신의 영위를 위해 엄청난 돈이 필요하다. 그런데 국제사회가 대북제재를 통해 북한정권으로의 현금흐름을 차단하는 실정이기 때문에 기존의 외화벌이와는 다른 형태의 자금획득 방법이 필요하다. 이러한 목적을 달성하기 위해 북한정권은 앞으로 지속적으로 한국 금융권에 대한 사이버테러를 감행할 것이다. 더 나아가

철도, 공항, 지하철 등 다중이용시설과 발전시설, 화학공장 등 국
가전략시설에 대한 사이버테러도 감행하려 들 것이다.

이번 농협사태를 계기로 우리 정부는 북한의 국지도발과 더불어
사이버테러 등 테러위협이 그 어느 때보다 높아지고 있다는 것을
하루 속히 인지하고 북한의 모든 테러에 대응할 수 있는 근본적인
대비책을 마련해야 할 것이다.

김정일도
결국 돈인가

‘비핵·개방 3000’은 이명박 정부의 대북정책 근간이다. DJ 정권, 노무현 정권의 햇볕정책이 실패했다는 판단 하에 대북정책의 기조를 바꿔서 나온 MB의 새로운 대북정책. 그렇다면 햇볕정책과 ‘비핵·개방 3000’ 정책이 차별화되는 점은 무엇인가. 내가 생각하기에 햇볕정책은 북한정권과 북한주민을 동일한 것으로 상정한 정책이었다. 김정일에게 햇볕을 비추면 주민들에게도 그 온기가 돌아간다는 논리였다. 그러나 김정일에게는 핵, 미사일이라는 햇볕이 전달되었지만 주민들에게는 배고픔과 죽음, 탈북이라는 어두운 그림자만 드리워졌다.

필자는 김대중, 노무현 정부의 실정(失政)을 통해서 MB 정부가 대북정책에 대한 나름의 교훈을 얻었고, 그 교훈의 결과로 새로운 대북정책이 나오리라 기대했다. 다른 지점에 가 있는 정책이기를 기대했다. 결론부터 말하면 MB의 '비핵·개방 3000' 정책도 햇볕정책과 크게 다르지 않게 김정일만 향해서 정책을 제시하고 있다. '비핵·개방 3000' 전략의 골자는 "김정일을 가르쳐 핵을 포기하고 남한처럼 잘살 수 있게 하겠다'는 순진한 발상에 기반을 둔 정책이다. 그러나 북한의 실상은 MB가 생각하는 것처럼 그렇게 단순하지가 않다. 북한 간부들은 체제가 무너지면, 그들만의 특권이 없어지기 때문에 개방, 개혁은 그들에게 자살과도 같다. 북한이 개방과 개혁을 시도할 경우 중국식 고도성장보다 동독식 정권붕괴와 흡수통일이 될 가능성이 높다는 점을 누구보다 김정일이 잘 알고 있기 때문에 김정일은 비핵도, 개방도 하지 않을 것이다. 그렇다면 김정일이 핵을 포기하지 않고, 개방을 하지 않으면 북한주민은 굶어죽도록 내버려둔다는 것이 '비핵·개방 3000' 정책이란 말인가?

나는 지난 6월 15일 국회 대정부질문에서, 지금은 북한에 투트랙 전략을 구사할 때라고 주문했다. 나는 지금까지 MB정부가 북한 정권을 압박하기 위해 취한 '단호한 대처' 방식이 효과적이지 못했으며, 큰 틀의 통일정책을 견지하는 데도 실패했다고 말했다.

나는 국회 대정부 질의에서 중국의 협조를 얻어내 대북제재를 실행에 옮기는 것은, 외교적 수사에 불과하며 김정일 정권에 치명적인 타격을 줄 수 있는 방법은 '북중동맹 무력화'라고 밝혔다. 이를 위해 한·중 FTA 체결이 효과적인 방안이라고 제시했다.

MB정부의 '비핵·개방 3000' 내용을 종합해 봤을 때 나는 우리의 대북정책기조가 투트랙으로 가야 옳다고 판단했다. 대북정책 투트랙 전략의 핵심은 김정일 정권을 향해서는 '비핵·개방 3000' 정책을 쓰고, 북한주민을 위해서는 대북경협을 통한 현물제공 정책을 펴야 한다는 것이다.

따라서 김정일에 대해서는 북한인권법을 통과시켜서 압력을 가하고, 북한주민에게는 인권법을 통해서 최소한의 인간적인 권리를 보장해주도록 해야 한다. 현재 북한주민의 인권 수준 향상은 배고픔을 면하게 해주고, 얻어맞지 않도록 해주는 정도면 된다. 따라서 우리는 김정일 정권에 정치범수용소를 하나 없애면 우리가 쌀을 얼마를 주겠다, 강냉이를 얼마를 주겠다는 식으로 적극적인 타협안을 제시해야 한다. 이것은 굉장히 중요한 딜이다. 또한 남한의 민간기업들은 북한과 직접적으로 경협을 할 필요가 있다. 금강산 사업도 재개하고 개성공단 같은 민간업체가 참여하는 공장도 합영방식으로 운영해야 할 필요가 있다. 나는 천안함 폭침과 연평도 포격 이후에 나온 이명박 정부의 5.24조치 중에서 개성공단은 절대로 폐쇄해서는 안 되고, 정상적으로 운영을 하되 김정일이 받아들이지 않더라도 협상을 통해서 현물제공을 하도록 해야 한다고 주장한다. 이를 통해 이제까지 현금으로 100원을 주던 것을 앞으로는 30원은 현금으로 주고 나머지 70원은 강냉이 가루로 주겠다는 식으로 현물 제공 범위를 넓혀나가야 한다. 북한에게 줬을 때 그것을 다시 현금화시킬 수 없는 것, 군대를 일으켜 세울 수 없는 것, 다른 나라에 팔지 못하는 것, 김정일이 나중에 다른 데 써먹지 못하는 것을 주자는 것이다. 강냉이 가루, 탈지분유, 비누, 수건 이런 것들을 주자는 것이다. 그밖에도 금강산, 개성공단 사업뿐만이 아니라 평양 주택 10만호 사업에 우리의 워크아웃 건설업체를 보내서 북한주민들과 같이 주택건설 사업을 하는 것도 새로운 차원의 훌륭한 대북경협사업이라고 본다. 이밖에도 다양한 남북경협사업을 제안해 북한주민에게 자유민주주의의 기운이 자연스럽게 스며들도록 하는 고도의 북한인민 동화사업도 펼칠 필요가 있다고 본다.

유엔에서는 지난 2005년 북한의 장거리 로켓 발사와 관련하여 안전보장이사회의 결의에 의해 제1695호 결의안을 채택했다. 또한 2006년 10월에 감행된 북한의 1차 핵실험에 대한 제재조치로 1718호 결의안을 채택하였다. 특히 결의안 제1718호는 유엔 헌장 제7장을 명시하여 북한의 핵실험을 국제사회에 대한 위협으로 규정하고 경제·외교적 제재를 내용으로 하는 대북제재결의안이었다. 하지만 이에 아랑곳하지 않고 북한이 2009년 4월 5일 함경북도 무수단리 발사장에서 장거리 로켓을 발사했다. 그러자 일본은 유엔에 안전보장이사회 소집을 요구했고 UN 안전보장이사회에서는 유엔헌장에 명문으로 규정되어 있지 않은 의장성명만 채택하였다.

2009년의 의장성명 채택은 2005년의 안보리 결의안보다 사실상 제재력이 더 약한 수준의 결의안이었다. 북핵 협상과 같이 안보위협을 다루는 협상에서는 힘의 우위에 바탕을 둔 협상이 이루어져야 함에도 불구하고 의장성명만 채택해 국제사회에서 강력한 힘의 축을 이루는 안보리결의가 가지는 사전 억지력과 사후 제재력이 상당히 약화되는 결과를 초래하고 말았다.

북한은 2009년 5월 25일에 2차 핵실험을 감행했고, 국제사회는 북한의 핵실험 감행에 대한 제재 조치로 그해 6월 12일 UN 대북결의안 1874호를 통과시켰다. 대북결의안 1874호를 통해 국제사회는 '북한의 무기 금수 및 수출 통제, 화물검색, 금융·결제 제재' 조치를 취하게 된다.

필자는 북한 핵실험에 대한 대북제재결의안 1718호와 1874호가 얼마나 실효성을 발휘할지는 국제사회의 의지에 달려있다고 본다. 이를 위해서는 북한에 실제적인 힘을 행사할 수 있는 미국이 주도가 된 김정일 정권 압박이 필요하다. 북한은 매년 약 5억 달러를 마약밀수, 위조담배, 슈퍼노트 등으로 벌어들인다. 또한 무기수출로는 액수를 헤아릴 수 없을 정도로 막대한 외화를 벌고 있다. 이처럼 부패한 수단을 통해 김정일의 쌈짓돈으로 흘러들어가 정권유지를 위해 쓰이는 돈을 은행자금 동결과 PSI를 통해 근본적으로 차단하는 방법을 시행할 필요가 있다.

　미국이 북한에 금융제재 조치로 사용한 애국법(Patriot Act) 311조는 "미국은 북한이 거래하는 은행과 거래하는 국가나 기업체와는 거래를 금지하겠다"는 내용의 조치였다. 이 조치는 상당히 강력하고 효과적인 조치로 만약 미국이 애국법 311조를 발효해 북한이 거래하는 은행과 거래가 있는 나라들과는 거래를 안 하겠다고 하면 해당 국가는 모두 그 은행의 자금을 빼서 다른 은행으로 예치시킬 것이다. 그렇게 되면 그 은행은 하루아침에 망하게 되는 것이다. 그러다보니 북한과 거래했던 은행들이 북한과 먼저 거래를 금지했다. 대표적인 사례가 마카오에 있는 방코델타아시아이다. 이런 식으로 돈줄을 죄는 게 사람은 죽이지 않으면서 피를 말리는 가장 효과적인 압박수단이 아닐 수 없다. 한마디로 김정일의 목을 제대로 조르는 조치였다.

　북한에서 김정일 정권의 자금을 담당하는 부서는 제2경제위원회이다. 제2경제위원회는 주로 외화벌이를 통해 김정일통치계좌에 자금을 조달하는 업무를 담당한다. 이들의 외화획득 채널은 미사일 판매, 가짜 양주/담배 판매, 위폐, 마약거래, 남북경협, 국제지원 등이다. 이 중 가장 큰 외화획득 채널은 남북경협이다. 제2경제위원회의 돈은 홍콩, 마카오은행과 스위스은행 등을 통해 몇 개의 구좌로 분산 예치시켜 두고 있다. 미국은 지난 2005년에 애국법 311조를 발령해 북한과 거래하는 전 세계 모든 은행의 자금을 동결시키는 조처를 감행했다.

미국의 대북 금융제재 조치를 제안한 것은 미 국방부나 국무성이 아닌 재무부였다. 재무부가 어느 날 북한의 국제경제활동을 조사해 보니 여러 가지 문제가 있음을 알았다. 100달러(슈퍼노트) 위조지폐를 만들어 유통시키고, 가짜양주도 만들어 팔고, 담배·마약도 비밀리에 유통시키며 국제사회에서 불온한 지하경제를 펼치고 있었다. 이렇게 해서 벌어들인 막대한 자금을 전 세계에 있는 비엔나, 싱가포르, 스위스, 마카오 은행 등을 통해서 달러로 입금시킨다는 것을 알게 되었다. 또한 은밀한 무기거래를 통해 이란이나 파키스탄 등에 미사일을 팔고 그 거래대금도 세계은행 창구를 통해 입금한다는 사실도 알게 되었다. 재무부의 보고를 받은 미국은 즉각 조치에 들어갔고 애국법 311조를 발동하자 스위스뱅크에 400억 달러나 비밀 예치시켰다는 김정일의 비자금을 찾아냈다. 또한 중국에 있는 대성무역이라는 채널을 통해서 북한 김정일에게 자금이 전달되고 있다는 확실한 증거를 포착했다. 이에 미국은 북핵문제를 푸는 가장 확실한 방법은 이 돈줄을 죄는 것뿐이라는 결론에 도달했다. 미국은 북한과 거래하는 세계은행에 북한과 거래를 끊을 것을 종용했다. 그러자 곧바로 효과가 나타나기 시작했다. 북한이 차츰 미국에 불편한 심기를 드러냈던 것. 김정일 정권이 확실히 압박을 받고 있다는 증거였다.

김정일 정권 압박에 효과적인 또 하나의 제재조치가 바로 PSI이다.

대량살상무기 확산방지구상(PSI)은 2003년 6월 미국 부시 대통령이 제안하여 미국 주도로 추진되고 있는 것으로, 테러와의 전쟁을 위해 불법 무기나 미사일 등을 실은 항공기나 선박을 압수·수색할 수 있도록 하자는 것이다.

2002년 12월 스커드 미사일을 적재하고 예멘으로 향하던 북한 선적 '서산호' 나포 사건을 계기로 하여 한국은 북의 핵무기보유에 대한 대응수단이 필요하다는 것을 인식하게 되었다. 마침 9.11 테러 사태를 체험한 미국이 2004년에 자국 주도로 핵, 미사일 등 대량살상무기의 확산을 방지하기 위한 대책, 즉 PSI를 발표하였다. 이어서 같은 해 9월에 차단원칙에 관한 성명(Statement of Interdiction Principles)이 발표되어 PSI가 좀 더 구체화되었다.

부시 대통령은 2003년 6월 1일 G8(서방선진 7개국+러시아) 정상회담 참여국들에게 PSI에 대한 협조를 요청한 것을 시작으로 주변국들의 동참을 요구했다.

2005년 이후 PSI의 참여국이 점차 확대되었고 그 과정에서 국제사회의 참여요청이 쇄도하면서 한국은 PSI 참여문제에 대하여 심층적으로 검토하기 시작하였다.

2005년 12월 한국 정부는 그동안 참여를 유보하였던 PSI 협력을 발표하게 된다. 당시에는 북한을 자극할 것을 우려하여 PSI 완전가입이 아닌 부분가입에 국한하여 참여 의사를 표시하였다.

2006년 1월, 정부는 PSI 차단훈련에 옵서버 자격으로 참여한다는 방침을 결정한다. 이에 따라 2006년 4월 호주에서 실시한 PSI 공중차단훈련에 정부참관단을 파견하였고 이어 10월 30일~31일 걸프만에서 이루어진 해상차단훈련에도 참관단을 파견하였다.

2006년 10월 14일에 유엔안보리는 북한의 핵실험 단행에 대하여 대북 제재결의안 제1718호를 만장일치로 통과시키면서 PSI의 적용대상이 북한으로 구체화되었다. 이때 한국 정부는 PSI에 완전 가입하는 경우 남북 간 군사충돌의 우려가 있고, 당시 대북 포용정책과 배치된다는 등의 사유로 PSI에 대하여 제한적인 협력만 하겠다는 입장을 미국 정부에 밝힌다.

한국은 2009년 북한의 2차 핵실험을 계기로 PSI에 완전 가입하게 된다. 당시에 한국의 PSI 가입을 놓고 북쪽이 "PSI는 전쟁을 부추기는 행위와 똑같다"는 당국자 성명을 하자, 어처구니없게도 한국의 민주당이 똑같은 논리로 북한의 성명을 받아들여 "PSI에 가입하면 북쪽이 바로 전쟁을 할 것이다"며 PSI 완전 가입을 극렬하게 반대하였다. PSI는 국제법상의 '공해 통항의 자유'를 위협하는 초법적인 구상이라는 이유로 반대하는 목소리도 만만치 않았다.

한국은 PSI 완전 가입 후 불과 1년 6개월 만에 PSI의 중추로 불리는 운영전문가 그룹(OEG: Operational Experts Group) 멤버로 가입하게 된다. 운영전문가그룹(OEG)은 미국, 러시아, 영국, 프랑스, 일본, 싱가포르, 호주 등 PSI 확산방지활동에 주도적으로 참여하고 있는 20개국으로 구성, 운영돼 왔으며 우리는 21번째 회원국으로 참여했다.

2010년 3월 26일, 서해상에서 천안함 폭침 사건이 발생하자 우리 정부는 천안함 사건 진상조사를 통해 천안함 폭침이 북한의 소행임을 밝혀낸다. 이후 정부는 5월 24일 PSI 강화를 포함한 대북 7대 조치를 발표하게 된다.

PSI는 표면적으로는 북한에게 사치품을 안 보내고, 북한이 핵물질이나 미사일 부품 등을 해외에 수출하는 것을 원천적으로 봉쇄하는 제재방법이다. PSI는 핵물질이나 미사일 부품을 싣고 간다고 의심되는 선박을 정지시켜서 검색을 할 수 있도록 한 국제적인 제재조치이다. 북한이 핵물질이나 미사일 부품 등을 해외에 수출하고자 하는 것은 이를 통해 돈을 벌어들이고자 하는 것이기 때문에 현재로서는 PSI가 북한의 자금줄을 죄는 가장 효과적인 제재수단이다. 한 가지 안타까운 것은 현재의 PSI는 해상에 운행하는 선박에만 제재를 할 수 있다는 것이다. 가령 북한이 순안공항에서 이란까지 비행기로 미사일을 실어 나른다면 국제협력을 통해서 검색을 할 수 없다는 것이다. 국제협력단이 북한 순안공항에서 검색을 할 수도 없고, 이란공항에 들어가서 검색을 할 수도 없는 것이다.

나는 사실 공항에서의 검색을 할 수 없다는 것이 상당히 안타깝다. 선박뿐만 아니라 항공기의 검문검색만 할 수 있다면 북한의 웬만한 무기 수출은 원천적으로 막을 수 있을 텐데 말이다. 그래도 지금으로선 유엔제재에 의해서 모든 국가가 국제적인 협력을 통해 해상에서의 선박 검색은 언제든지 가능하기 때문에 이것만으로도 북한의 돈줄을 죄는 데는 상당한 효과를 발휘하고 있다고 생각한다. 보기에 따라서는 상당히 더디지만 천천히 북한의 자금줄을 죄는 효과는 상당히 크고, 시간이 지날수록 엄청난 실적으로 다가올 것이다.

북한의 김정일 정권을 효과적으로 제재하는 방법은 돈줄을 죄는 것이다. 사람이 돈을 안 주면 못 견디는 것이다. PSI는 당장 어떤 무력행위보다도 북한이 쉽게 도발하고자 하는 의지를 원천적으로 봉쇄하는 효과를 볼 수 있는 제재조치이기 때문에 현재로서는 가장 적절한 대북제재수단이라고 본다. 따라서 야당을 비롯한 일부 정치권에서 제기하는 PSI 제재가 북한을 자극해 전쟁 여건을 조성한다는 식의 왜곡된 PSI의 부정적인 홍보는 국익을 위해서 삼갔으면 좋겠다.

북한의 김정일 정권의 전쟁 도발 의지를 사전에 봉쇄할 수 있는 가장 효과적인 방법은 현재로서는 김정일 통치자금 동결과 PSI 제재밖에 없음을 이 기회를 통해 말하고 싶다.

한·중 FTA,
북한 개방의 지름길

김정일 정권에 가장 큰 타격을 줄 수 있는 방법은 '북중동맹 무력화'이고 이를 위해 우리가 시급히 해야 될 현안은 한·중 FTA 체결이다.

북한을 개방·개혁으로 끌어내기 위해서는 '한·중 FTA 체결'이 핵심이다. 2004년 중국의 대북 지원액은 한국이 15%, 2008년 중국의 대북지원액은 총 대외 지원액의 40%였다. 따라서 경협중단이 장기화될 경우 '남남북중' 의 지역분할 구도가 고착화된다. 북한과의 지속적인 경제협력은 강화하되, 북한에 가장 큰 영향력을 행사할 수 있는 '한·중 FTA 체결'이 필요하다. 이를 통해 중국에 대한 무역의존도가 90%인 북한의 의존도를 한국으로 돌려 단기적으

로는 북·중경제협력을 약화시키고, 장기적으로는 북한을 점차 개
방·개혁으로 이끌어 내야 한다.

한·중 FTA는 경제적 투자라기보다는 정치·안보적 투자 의미
가 크며 정부도 이러한 발상의 전환을 통해 한·중 FTA 협상에 보
다 적극적으로 임해야 할 것이다.

우리가 경제협력을 통해 중국의 관심을 북한에서 한국으로 돌려
야 할 절실한 이유는 중국이 벌써 북한을 자기 나라의 영향권으로
만드는 작업을 꽤 많이 진척시켰기 때문이다. 중국은 북한을 역사
적으로 동질화하기 위해 동북공정을 시도했고, 북한의 지하자원을
공동개발하는 합영사업을 북한 전 지역에 걸쳐 광범위하게 벌이고
있다.

중국이 북한을 자기 속국화하기 위해 가장 심혈을 기울이는 사
업이 바로 합영방식에 의한 북한개발이다. 문제는 합작이 아닌 합
영에 있다. 합작은 쉽게 말해서 너하고 나하고 같이 투자를 해서
일정한 비율로 수익을 나누자는 것이다. 한마디로 이익이 100원이
나오면 51원은 중국의 수익금으로 하고 49원은 북한의 수익금으로
한다는 식의 투자법이다. 그런데 합작은 합작을 받아들인 쪽에서
NO하면 그날로 다 끝나버리는 것이다. 개발투자를 해놓고도 투자
금을 떼일 수도 있는 사업방식이다. 합영방식은 지금 당장은 이익
이 별로 없지만 처음 계약한 비율대로 이익이 나면 합영을 제안한

측에 계약이 유지될 때까지 일정 부분 이익분을 줘야 하는 방식이다. 합영방식의 투자 사례로는 구소련 진영에 있던 카자흐스탄이나 우즈베키스탄, 몽골 등의 광산이나 구리개발 사례가 대표적인 피해사례이다. 현재 카자흐스탄이나 우즈베키스탄, 몽골 등에서는 과거 소련과 합영방식의 계약을 통해 '50년동안 소련이 천연자원 개발 수익금의 51%를 가져가게끔' 계약했기 때문에 지금도 이들 나라는 수익금의 51%를 꼬박꼬박 러시아에 주고 있다. 이처럼 중국도 북한의 어려운 경제사정을 교묘히 이용해 북한에 기반시설 투자를 통해 자국에 이익을 가져가기 위해서 다양한 합영사업을 펼치고 있다. 우리는 햇볕정책을 통해 북한에 천문학적인 돈을 갖다 주고도 아무 것도 얻은 게 없는 반면 중국은 적은 돈으로 북한의 경제권을 장악하려는 검은 속셈이 있는 것이다. 중국은 각종 인프라 구축, 즉 동북3성-장춘, 지안, 투만-을 연결하는 도로, 철도, 항구개발을 자신들의 자본으로 개발하고 있다. 북한에 현금 대신 이런 인프라를 구축해서 자신들이 필요한 것들은 중국으로 실어 나르고 자신들의 경제발전 통로로 구축하고자 한다. 얼핏 보면 북한을 도와주는 사업이고, 북한의 소유가 될 것처럼 보이지만 합영방식의 투자이기 때문에 절대로 북한의 것이 될 수 없다. 중국은 한국의 사례를 통해서 김정일이 군비증강하는 것을 여실히 봐왔기 때문에 북한정권에 현금투자는 하지 않으려 한다. 강아지를 호랑이 만드는 격이니 중국으로선 탐탁지 않은 방법일 것이다.

필자가 기업은행과 두 달 가량 북한의 지하자원의 가치를 연구
해보니 대략 7천조 원에 해당하는 경제적 가치가 있었다. 북한의
지하자원을 개발하기 위해, 특히 석탄개발을 위해 우리 업체도 몇
개 들어갔었지만 전부 합작이었다. 당시 석탄개발 사업체는 합의
서도 없었다. 합작은 주인이 마음에 안 들어 그만하자고 하면 그것
으로 끝이다. 개성공단 사업이 우리 자본을 들여 상당히 구체화됐
는데도 북한이 나가라 하면 북쪽에 손해를 청구할 방법이 없다.

2010년에 중국은 다양한 관광 프로그램을 개발해서 금강산에서
백두산, 묘향산까지 자국민이 비자 없이 자유자재로 여행할 수 있
는 루트를 개발했다. 이처럼 중국은 여행 루트 개발을 통해 중국인
들이 언제든지 북한으로 들어갈 수 있는 방법을 만들어 놨다. 이렇
게 중국인들이 북한으로 가면 북한도 어느 정도 돈을 벌 수 있다.
하지만 중국의 속내는 관광객들이 속속 북한에 들어가서 중국문화
를 전파해 북한을 중국화하기 용이하게 만드는 데 목적이 있다. 그
래서 식량이나 원유를 훨씬 더 타이트하게 지원해서 북한을 말 잘
듣는 속국으로 끌어가기 위한 전략을 차근차근 진행하고 있는 것
이다.

남북이 분단된 후에 북한이 가장 충격을 받은 사건 중에 하나가
한중수교였다. 중국이 자기들과 의논도 안 하고 한국과 수교를 한
다는 것은 상상을 못한 것이다. 중국과 북한의 관계는 순망치한(脣

亡齒寒)의 관계라고 할 정도로 밀접하게 관련돼 있다. 그런 상황에서 북한이 한·중 FTA를 통해서 중국과 한국의 경제가 경계 없이 한마당이 되는 것을 본다면 그들은 생존을 위해서 결국은 시장경제를 받아들이지 않을 수 없게 된다. 왜냐면 중국도 북한에게 압력을 가할 것이기 때문이다. 무엇보다도 북한에게는 한·중 FTA 체결 자체가 문호를 개방하라는 압력이 될 수 있다. 우리가 이처럼 FTA 체결을 요구하는데 반해 중국은 지금 주판알을 튕기며 계산을 하고 있다. 그건 바로 북한과의 경제협력이 자국에 더 유리한지, 한국과의 FTA 체결이 더 나은지를 저울질하는 것이다. 따라서 우리도 중국이 행동으로 옮길 수 있는 매력적인 협상카드를 제시해야만 중국과 협상테이블에 앉을 수 있을 것으로 전망된다.

다음으로 나는 개성공단 국제경제특구를 조성해 운영해보자는 제안을 하고 싶다. 이 사업은 개성공단 인력의 3%를 중국인, 일본인을 끌어들여서 국제경제도시로 만들어보자는 것이다. 외국인 비율이 너무 높으면 나중에 통일될 때 지분문제로 복잡해질 수 있으니 우선 상징적으로 3% 정도의 외국인을 개성공단 인력으로 투입하자. 물론 처음부터 외국인과의 계약서에는 '귀국은 경제적인 이익 외에 정치적인 것을 요구해서는 안 된다'는 내용을 명시하고 근로자를 받아들이자. 이렇게 되면 외국인이 있기 때문에 북한이 아무 때나 "개성공단을 철수하겠으니 나가라"고 함부로 말하지 못하게 된다. 지금은 북한이 개성공단 문 닫겠다 해도 북한 땅이기 때문에 뾰족한 대응방안이 없다. 거기에 한술 더 떠서 ‘여기 설비 가져가지 마’ 하면 그것으로 끝이라는 것이다. 따라서 북한이 이런 행동을 저지르지 못하도록 하기 위해서라도 개성공단을 국제경제특구로 만들어야 한다.

또 하나, 개성공단을 만들 때에 정부가 공단을 만드는 목표를 확실히 정하고 사업에 뛰어들어야 한다. 지금까지 김정일 정권이 개성공단을 만든 의도는 명확했다. 그들은 개방개혁은 하지 않고 돈만 버는, 외화현금흐름을 위한 창구로서 개성공단을 만들었다. 처음에 개성공단을 만들 때 김정일은 공단부지를 개성으로 하지 않고 신의주에 하자고 했다. 그런데 신의주에 설립하면 교통도 나쁘고 도로사정도 여의치 않고, 우리 물건을 유통할 때도 마땅치 않고, 자칫 볼모가 될 수 있는 상황이기 때문에 우리 정부가 반대했다. 그래서 우여곡절 끝에 개성에 세워지게 된 것이다.

김정일은 개성공단 설립 목표가 확실했던 데 비해서 우리 목표는 어땠는가? 기업들이 들어가서 장사하게 하는 것이 목표였나? 북한의 민주화를 끌어들이기 위한 시험장이었나? 아니면 통일을 위한 교두보로 활용할 장소로 썼는가? 아직까지는 뚜렷하게 그 어느 것도 아니었다. 필자의 생각엔 셋 중 하나라도 목표가 확실해야 된다고 본다. 물론 이 세 가지가 합쳐진 목표라면 더욱 좋다. 이렇게 우리의 목표가 확실해졌다면 정부는 어떤 일이 있더라도 개성공단에 가서 일하는 기업에 대해서는 모든 것을 보장해 주는 역할을 해야 된다. 이는 이명박 대통령이 아니라 다른 어떤 대통령이 되더라도 일관성 있게 운영해야 한다.

사실 개성공단이 민주화의 시험장의 기미가 보이는 건 개성공단 근로자에게 간식으로 주는 초코파이가 함경북도, 강원도 등 북한 전역에 나타나고 있다는 점 때문이다. 또한 공산주의 사회인 북한에서 개성공단 근로자들이 성과급 인상을 요구하고 있다는 점도 북한주민의 의식과 생활패턴에 변화가 오고 있다는 뚜렷한 증거가 아닐 수 없다. 북한 주민들이 초코파이를 하나 먹어보고 '아 이게 정말 맛나네!' 하고 느끼면 그게 바로 민주주의 사회에 대한 동경이 되는 것이다. 그들에게 민주주의, 시장경제 백날 얘기해 봐야 초코파이 하나 먹는 것보다 못하다. 초코파이를 맛보는 순간 '아, 이런 엄청난 것이 남쪽에 있구나, 나도 남쪽에 가고 싶다. 나도 민주주의 하고 싶다, 나도 시장경제 하고 싶다' 고 스스로 느낀다는 것이다.

우리에게는 북한의 대중국 영향력 약화가 통일의 관건이다. 개성공단은 김정일 정권의 현금 젖줄이기도 하지만 북한 경제개방과 민주화 확산을 위한 긴요한 시험대이자, 절대 포기해서는 안 되는 통일중간기지이다. 필자는 개성공단의 중요성을 누구보다 잘 안다. 따라서 잦은 공단 폐쇄 위협, 임금인상 요구, 우리 인력 신변보장 불안 등의 북한의 독단적 횡포를 줄이고 정상적인 운영을 하기 위해 다음과 같은 효과적이고 건설적인 조처들을 취해줄 것을 정부에 건의하는 바이다.

첫째, 남한 기업의 투자에만 의존하지 말고 중국 등 해외기업의 투자를 통해 국제적 공단을 조성하라.

둘째, 개성공단 출입 인원의 신분보장 합의 위반시 적절한 보완책을 마련하라.

셋째, 개성공단 고용자들의 임금이 바로 김정일의 손에 가지 않도록 임금의 일부분은 공단 생산품으로 현물 지급하라.

넷째, 개성공단에 홍콩식 특구 체제를 도입해 자유로운 기업 활동을 보장하라.

팬티, 칫솔에
흔들리는 북한

대북 심리전은 외부정보를 차단해 온 북한정권에 치명적이고 고통스러운 일이다. 그래서 우리의 대북 심리전에 대해 북한정권이 민감한 반응을 보이고 있다. 대북심리전은 군 입장에서 볼 때 매우 유용한 작전 가운데 하나다.

나는 대북 풍선날리기 사업이 조금은 질서가 없고, 지리멸렬한 데가 있지만 기본적으로 아주 유효적절한 대북전략이라고 생각한다. 2010년 5월 24일 우리 군과 정부는 대북심리전을 재개하겠다고 국민과 약속을 했고 대북전단지 살포 현황까지 언론에 공개했다.

그런데 국회의원 중 많은 분들이 "왜 하필이며 군이 대북 풍선날리기 사업을 하느냐?"고 공격하는 것을 보고 나는 동료 의원들이 과연 군의 심리전이 무언지나 알고 저런 말들을 하나 하는 생각까지 들었다. 심리전이라는 것은 적이 취약할 때에 적의 사기를 흔들고 약화시킬 수 있는 가장 경제적이고 효과적인 방법이다. 무기를 써서 살상을 하지 않고 상대방을 항복하게 만드는 게 바로 심리전이다. 더구나 풍선 속에 라디오 같은 걸 넣는다는 건 훌륭한 아이디어라고 생각한다. 이게 바로 북한주민들에게 외부 정보를 효과적으로 전달할 수 있고, 북한주민들의 동요를 불러올 수 있는 가장 효과적인 방법이 아닐 수 없다. 그럼에도 불구하고 "군이 왜 그런 일을 하느냐? 이건 적십자한테 맡겨야 할 일이 아니냐?" 하는 식의 주장은 정말 심리전을 몰라도 너무 모르고 말하는 개념 없는 주장에 불과하다. 야당은 말할 것도 없고 심지어 여당 중진의원까지 얼굴을 붉히며 그 얘기를 할 때는 필자는 너무 어이가 없어서 일일이 대응할 가치를 못 느꼈다. 민주당은 민주당대로 정치적인 계산이 있으니까 그런 얘기를 한다지만 한나라당에서 이런 얘기를 할 때는 자신들이 동의하고 환영한 5.24 조치에 버젓이 기록돼 있는 항목을 이해하지 못하고 그런 말들을 한다는 데 절망감마저 느꼈다. 자기들이 찬성한 내용에 대해 '적십자에서나 할 일이지' 운운하는 동료의원들을 보면서 참으로 안타까운 심정을 금할 수가 없었다.

대북 심리전은 DJ정권 시절인 2004년 6월 15일부터 남북합의하에 쌍방이 중단하였다. 그러나 북한이 2010년 3월 26일 우리 천안함을 폭침시키는 만행을 저질렀고, 우리 군과 정부는 5월 24일 대북 심리전을 재개하겠다고 공개적으로 밝혔다(대북심리전은 대통령이 발표한 5.24 대북제재 조치 핵심내용 7가지에 3번째로 포함되어 있다).

당시 군과 정부가 하겠다고 밝힌 대북 심리전을 구체적으로 보면, 1962년부터 방송을 하다가 2004년에 중단한 '자유의 소리' 방송을 하루에 총 3회 방송하고, 군사분계선 일대에서 철거했던 확성기(94곳)를 재설치하고, 대북 전단지 살포와 대형 전광판(11곳)을 통한 대북 심리전을 재개한다는 것이었다. 그리고 북한이 연평도를 무력 공격한 지난 11월 23 대북전단지 40만장을 살포했다고 언론에 공개되었다(강원도 철원, 경기 연천, 김포 등 4곳).

軍, 대북 심리전 재개했다··· 연평도 피격 23일 저녁 전단 40여만장 날려 보내

26일 정부 소식통에 따르면 군 당국은 연평도 도발이 발생한 직후인 23일 저녁 대북심리전 전단지 40여만 장을 북한 지역으로 날려 보냈다. 이 소식통은 "군 당국이 강원도 철원과 대마리, 경기도 연천, 김포 등 4곳에서 대북심리 전단지를 기구에 달아 보냈다"며 "이 전단지에는 북한이 천안함을 공격했다는 국방부 민군합동조사단의 조사 결과와 북한의 개혁개방 촉구, 자유민주주의 체제의 우월성 등 9가지 내용이 담겨 있는 것으로 안다"고 말했다. (국민일보 2010년 11월 27일)

군 당국은 지난해 연말부터 6억 2천만 원 상당의 물품을 준비하기 시작하여 올 2월 초 동부 및 중부전선 북쪽으로 각종 물품을 살포했다. 살포방식은 기구에 바구니를 매달아 '타임장치'를 통해 북한의 특정 지역에 물품이 떨어질 수 있도록 한 것으로 알려졌다. 물품 내용은 식료품 및 라디오, 햇반, 소형 주머니쌀 등 생활용품(14종), 치약, 칫솔, 비누, 화장지 등 일용품(10종), 런닝, 팬티, 옷, 모자, 장갑 등 의류품(10종), 소화제, 감기약, 연고, 붕대, 소독약 등 의약품(8종), 볼펜, 연필, 지우개, 노트 등 학용품(4종) 등이었다.

군 당국은 식료품의 경우 북한 주민들이 '남한에서 보내준 식품을 먹으면 죽는다' 고 잘못 알고 있어 겉봉지에 '우리는 대한민국 국군입니다. 이 식품은 먹어도 안전합니다. 의심스러우면 가축에게 먼저 먹여 보고 드셔도 됩니다. 유효기간이 지난 것은 드시지 마십시오'라는 내용의 문구를 표시해 보냈다.

또한 군 당국에서 최근 제작한 대북 전단지에는 이집트와 리비아의 민주화 시위를 담은 내용을 상세히 기재하여 북한 내부의 변화를 이끌어 내려는 계획을 담은 것으로 알려졌다. 전단지 내용에는 이집트와 리비아의 독재정권을 김정일 및 김정은과 비교하여 '세습정권, 독재정권, 장기집권은 망한다'는 내용이 포함되어 있는 것으로 알려졌다.

필자는 언론과의 인터뷰에서 "지금 북한 주민들의 민심이반 현상이 독재정권을 지탱해 온 이집트와 리비아의 '민주화 물결' 처럼

급속도로 큰 변화를 맞을 수 있다"고 말했다. 그러면서 "대북심리
전의 일환으로 군 당국뿐만 아니라 우리의 민간단체와 국제단체
등도 참여하여 북한에 살포되는 물품을 앞으로 대폭적으로 늘려야
한다. 그래서 북한 주민들의 실질적인 마음을 변화하도록 유도하
는 방향으로 이뤄져야 한다"고 말했다. 또한 "북한도 주민들의 민
심이탈과 반발로 북한 정권이 급속도로 새로운 상황을 맞이할 수
도 있다"면서 "북한 내부의 소요사태 등에 충분히 대비하여 군 당
국과 정부는 여러 가지 시나리오를 생각하여 준비 및 대응책을 마
련해야 한다"고 말했다.

아마도 이번 군의 대북심리전에 대해 북한정권이 민감한 반응을
보이자 정치권과 정부는 남북관계에 악영향을 미칠 수 있다며 내
심 걱정하는 기색이 역력한 것 같다. 그러나 북한은 우리가 대북심
리전을 재개하겠다고 밝히자마자, 작년 5월 24일 조선중앙통신을
통해 "대북심리전 수단들에 대해 조준격파 사격을 하겠다"고 신경
질적으로 반응하기 시작했으며 지금까지 계속해서 남한에 공갈과
협박으로 일관하고 있다. 풍선날리기 전략이 북한당국이 위협을
느낄 정도로 효과적인 방법이었다는 것을 입증하는 북한당국의 태
도가 아닐 수 없다.

이번의 북한 풍선날리기 심리전을 놓고 여야의 많은 의원들이
이것은 북한을 자극하는 행동이라는 식으로 심히 염려스러운 발언

을 했다. 그런데 필자는 북한상공에 풍선 몇 개 던졌다고 북한정권이 이렇게 신경질적으로 반응한다면 그거야말로 대단히 효과적인 대북 심리전이라고 생각한다. 이 정도 일을 갖고 북한당국의 눈치를 봐야 한다면 어디 구더기 무서워서 장 못 담그겠는가. 그렇게 북한의 반응을 염려하는 일부 정치인들에게 나는 우리가 하는 일마다 다 북한을 자극하는 일이지, 자극하지 않는 일이 뭐가 있겠냐고 반문하고 싶다. 물론 방법론적으로 다소 어설프고 지리멸렬한 부분도 없지 않았지만 기본적으로 이 방법은 북한의 민주화를 끌어올 수 있고, 민심을 동요시킬 수 있고, 북한군의 사기를 저하시킬 수 있는 다양한 효과가 기대되는 아주 바람직한 대북심리전 방법이라고 생각한다.

진실은
'현장'에 있다

천안함 폭침 사태가 발생한 지도 1년 6개월이 지났다. 나는 그날만 생각하면 가슴에서 치솟아 오르는 분노를 억제할 수가 없다. 스무 살의 꽃다운 청춘을 바다 속에 묻어야 했던 마흔여섯 명의 해군 전사들의 표정도 잊을 수 없다. 하지만 무엇보다 필자의 마음을 아프게 했던 건 조국의 아들들을 적에게 빼앗기고도 북한의 소행이라고 단정할 수 없다는 등 군이 국민들에게 뭔가를 숨기고 있다는 등 우리끼리 분열된 모습을 노출시켜 가뜩이나 우리를 우습게 아는 북한 정권에게 또 한번의 우스운 꼴을 보여줬다는 것이다.

나는 천안함 폭침이 일어나기 한 달 전부터 북한의 도발 가능성을 심각하게 예고하며 2010년 2월 23일 국회 외교통상통일위원회에 출석한 통일부장관에게 적절한 대응조치를 취해 줄 것을 요구했었다. 그리고 한 달 후에 천안함 폭침 사건이 터졌다. 천안함 사태 직후인 3월 27, 28, 29일 그 민감하고 급박했던 시기에 청와대는 "북한 소행 일 가능성이 낮다"는 해괴한 답변을 늘어놓고 일부 정치권에서는 이에 뒤질세라 맞장구를 치는 웃지 못 할 상황이 연출되었다. 어느 의원은 "과거에 우리가 뿌려놓은 기뢰 중 회수하지 못한 기뢰가 폭발했을 가능성이 있다"고 이치에 맞지 않는 주장을 펴기도 했다.

천안함 폭침에 대해 갖가지 해괴한 전망들을 내놓을 때에 나는 3월 28일 아침 8시 평화방송에서 국회의원으로는 처음으로 인터뷰를 했다. 인터뷰에서 나는 "이건 99% 북한의 소행이다. 북한 잠수함이 우리 천안함을 향해 쐈다. 북한이 쏜 폭탄은 기뢰가 아닌 어뢰일 가능성이 크다"고 말했다.

나는 당시 북한군 동향과 군사적인 전문정보를 분석해 확신을 가지고 얘기를 했는데 내 말이 사실로 밝혀지기까지 무려 두 달이 걸리고 말았다. 당시 북한군과 북한정권의 생리를 이해하면 결코 불가능한 예측이 아니었다. 2010년에 북한 정찰총국장이 된 김영철 상장은 개성공단을 군화로 직접 밟고 와서 개성공단을 문 닫으라고 한 강경파 군인이었다. 이런 강경파가 또 다른 어떤 '술수'를 가지고 나올 거라는 것을 충분히 감안하고 대비했어야 했다. 또한

3월 7일, 판문점 대표부 대변인은 키 리졸브 훈련에 대해 "북침전쟁 연습인 만큼 조선반도 비핵화 과정은 부득불 중단될 것이다. 우리의 자위적 핵억지력은 더욱 강화될 것이며 우리의 혁명 무력은 더 이상 정전협정과 북남 불가침 합의의 구속을 받지 않을 것이다"며 격앙된 목소리로 말했다. 이에 앞서 2월 25일, 북한 인민군 총참모부 대변인은 담화에서 "키 리졸브 훈련은 우리 공화국을 불의에 선제공격하기 위한 핵전쟁 연습이다. 필요시 핵 억제력을 포함한 모든 공격 및 방어 수단을 동원해 침략의 아성(중심부)을 무자비하게 죽탕쳐버릴(형체없이 만들) 것이"라며 무시무시한 협박성 발표를 했다.

나는 천안함 폭침 후의 정부의 초동대처의 문제점에 대해서도 큰 우려를 표명했다. 나는 국방부장관에게 잠수함 정찰 실패, 늑장보고, 정보 왜곡은 국민의 목숨과 재산을 담보로 한 범죄행위로 군형법으로 일벌백계해야 한다고 질타했다. 또한 이 같은 군의 허점이 또다시 반복된다면, 북한의 미사일, 장사정포 공격으로 인해 서울이 '불바다' 가 되더라도 군은 사실상 아무런 대응도 못할 거라고 지적했다. 사실 국방안보 전문가의 시선으로 북한군의 도발 패턴을 보면 도발의 징후를 예측할 수가 있다. 즉, 우리가 군사훈련이 끝나고 가장 릴렉스하거나 편안한 상황에 있을 때 북한군이 도발을 저지르는 경우가 많기 때문에 이럴 때를 가장 경계해야 한다.

그리고 여러 가지 정황증거로 봤을 때 99% 북한군의 소행이 틀림 없었지만 국가 안보상 너무 앞서서 재단하는 것은 조심하는 것이 좋을 것 같아서 그 뒤에는 직접적으로 언급하지 않았다.

그밖에도 나는 포항급 초계함 장착 소나(Sonar, 수중음탐기)로는 애초부터 대잠능력이 없었던 게 아니냐며 국방부장관을 추궁했다. 나는 국방부장관에게 대잠능력이 없는 초계함을 가장 위험한 접적지역에 배치한 이유가 무엇인지, 이를 대체·보완할 방안이 무엇인지에 대해서도 질문했다. 그러면서 대잠능력을 보완하는 방안으로, 능동형 저주파 소나 설치를 통해 재발 방지에 노력해 줄 것을 국방부장관에게 요구했다.

문제는 정부가 북한의 소행을 증명하기까지 두 달의 소중한 시간을 놓쳤다는 데 있다. 그 바람에 국민들에게 과학적인 확실한 증거를 가지고 북한 소행임을 증명했음에도 불구하고 정부는 국민들에게 신뢰를 잃고 말았다. 정부의 늑장 발표로 인해 민주당의 '정부가 안보를 선거에 악용하려 한다'는 선거 공세에 말려 그해 6월 지방선거에서 역풍을 맞아 유권자들에게 표심을 잃어 선거에서 참패하는 결과를 낳고 말았다.

물론 2개월 후 민관 합동조사단 발표는 필자의 주장과 거의 일치했다. 필자가 3월 28일에 주장했던 '북한 반잠수정의 어뢰 공격' 임이 진실로 판명이 났던 것이다.

필자는 천안함 폭침 이후에 국회 천안함 진상규명특별위원회 구성에서 민주당이 필자의 특위 참여를 극렬하게 반대해 결국 천안함 사고 특위 위원임에도 불구하고 특위에서 제외되는 수모를 당하기도 했다. 천안함 폭침을 둘러싼 일련의 과정을 몸소 겪으면서 과연 이 땅에 '국가를 위해서 자신을 초개와 같이 버릴 수 있는' 지도자가 몇 명이나 될까 하는 의구심을 품기도 했다.

천안함 사태가 발생한지 한 달이 지난 4월 13일에 나는 다시 상임위에서 통일부장관에게 물었다.

"장관께서는 2월 23일 국방위 상임위에서 본인의 질의에 준비가 다 되어 있다고 했는데 준비가 하나도 안 돼 있었던 것이 드러났다. 그렇다면 국가안보회의에서 언급이라도 한 적이 있느냐?"

그러자 통일부장관은 난처한 표정으로 "언급해본 적도 논의해본 적도 없다"고 답변했다. 이에 나는 "이것이 대한민국 국가안보의 현주소"라고 정부를 강력하게 비판했다.

내가 민주당 소속 의원이었다면 통일부장관을 경질하라고 요구했을 것이다. 그런데 너무나 아이로니컬하게도 내 의견에 동의하는 여야 의원은 단 한 명도 없었다. 당시 나는 북한군의 천안함 피격 문제 이상으로 대한민국 국회의 국회의원들에 대해서 분노를 느꼈다. 도대체 애국심은 어디 있고, 안보는 어디 있고, 국가는 어디 있고, 장관들은 앉아서 무엇을 하는가? 주무장관의 이러한 무책임한 처신에 대해서 대통령은 아무런 책임도 묻지 않는단 말인가?

무엇이 문제인지도 모르는 국정책임자들에게 과연 이 나라를 맡겨도 되는 것인지 심각하게 고민할 수밖에 없었던 대한민국 안보의식의 부재를 실감한 세 달이었다.

진실은 아는 만큼 보인다. 국회의원 송영선. 국방연구원 안보전략센터 소장 출신으로 30년간 북한과 안보를 연구한 정치학자.

이미 2월 23일 국회 외교통상통일위원회에서 천안함 사태와 같은 예측하기 어려운 북한의 무력 도발 가능성을 예측했다. 속기록! 북한에 개성공단을 물고 늘어지는 배경에 군사적 도발 가능성이 있다고 열변. 천안함 사태 발생 1개월여 전, "우리가 3월 되면 한미 키리졸브 훈련하죠? 이 타이밍을 그쪽으로 맞춰서, 또 지금 자기들이 설정해 놓은 북한식의 NLL(북방한계선) 포 사격 이런 것을 이유로 해 가지고, 이런 것을 연계를 시키려고 할 가능성이 상당이 높으니 준비를 하라." 한 · 미가 키리졸브 훈련을 끝내고 긴장이 풀려 있을 때 북한이 서해 NLL 지역에서 무력도발을 할 가능성이 크다는 것!

군과 북한의 생리에 대한 이해가 없으면 불가능한 예측. 더 들어보자. 족집게처럼 섬뜩하다. "이번에 (북한) 정찰(총) 국장된 김영철 상장, 개성공단에 군화로 직접 밟고 와서 개성공단 문 닫으라고 한 친구거든요. 이런 강경파가… 또 다른 어떤 '술수'를 가지고 나올 거라는 것을 충분히 감안하고 대비해 달라." 천안함 사태 직후인 3월 27일, 28

일, 29일. 그 민감하고 급박했던 시기. 청와대는 북한 소행 가능성이 낮다고 헛소리 해대고, 야당 친북족들은 맞다고 박수쳐대고, 한나라당 웰빙족 의원들은 입 다물고 있고, 국회 국방위원장 김학송까지 "과거에 우리가 뿌려놓은 기뢰 중 회수하지 못한 기뢰가 폭발했을 가능성이 있다."고 한심한 소리할 때, 송영선은 거침없이 북한 소행 가능성을 단정했다. 그때 인터뷰들을 뒤적여보면 2개월 후 민관 합동조사단 발표와 거의 일치! 북한 반잠수정의 어뢰 공격이라고 몰아붙이며 친북세력의 피로파괴나 내부폭발 주장을 격파해 나간다. 해박한 군사지식으로 무소속의 외로움을 견디며! 실력과 용기, 둘 중 하나만 없어도 이런 주장 못한다. 역사는 외로운 투사에 의해 바뀐다. 애국자들이여, 외로워 말라! 송영선은 진짜 '금배지값' 했다. 금석(金石)이라도 있으면 이름을 새겨놓고 싶다.(문화일보, 윤창중 논설위원 2010년 5월 31일 기사)

연평도의
눈물

　나는 지난 11월 25일 국회 국방위원회 국회의원들과 함께 연평도 포격 현장을 현지 답사한 뒤 북한군이 11월 23일 연평도에 최초 발사한 해안포는 북한이 제작한 열압력탄(기화폭탄-thermobaric weapon)으로 추정되며, 이는 우리 민간인 및 장병을 살상하기 위해 군 진지와 주택에 조준 발사한 것으로 추정된다고 말했다. 연평도의 폭파장면이 담긴 CCTV를 분석해 보면 폭파 시에 강력한 화염이 포착되었는데 이는 액체폭탄인 TNT 등에 알루미늄 등 파우더 형태의 분말을 넣어 만든 열압력탄임을 추정할 수 있다. 즉 이번에 연평도로 발사한 76.2mm 해안포와 120mm 방사포 및 곡사포 등이 다 열압력탄을 사용한 것이다.

북한군은 무차별적인 연평도 포격으로 민간인 포함 4명의 사상자와 연평도 일대를 불바다로 만들어버리고도 11월 23일 태연하게 "우리 영토를 향한 사격훈련을 하지 말라고 경고를 했고 또 하지 말아 달라고 협조통지문까지 보냈는데, 남한군은 이를 무시하고 영토공격을 위협하고 발사를 했다. 그러므로 남한군이 우리를 먼저 자극했다. 그래서 우리로서는 당연히 자위권 발동 차원에서 한 행동"이라며 뻔뻔한 궤변으로 일관했다.

현장에서 피해규모와 포탄의 폭파 현장 피해상황 등을 직접 조사한 필자는 이것은 북한군의 의도적인 계획발포임이 명백하다는 증거를 여기저기서 확인할 수 있었다. 이것은 영토공격 위협이나 영토를 위한 사격훈련 운운할 상황이 전혀 아니었다. 나는 북한군이 물탱크, 레이더, 유류고, 주유기, 자주포기지 등 군 작전에 필요한 모든 곳을 정확히 타격한 것을 보고 북한의 정보력에 큰 충격을 받았다. 이처럼 정확한 타격은 수개월간의 시뮬레이션을 통한 치밀한 준비가 없으면 도저히 할 수 없는 공격이었다. 당시 연평도 포격 현장 인근을 찬찬히 둘러보니 헬기장도 일부 피해를 입었고, 산길이나 주택가에서도 포탄이 떨어진 생생한 흔적을 볼 수 있어 주민들이 느꼈던 생지옥의 공포감을 생생하게 느낄 수 있었다.

북한이 연평도에 포탄 공격을 감행한 이유는 지금으로선 두 가지 정도 개연성 있는 이유가 있지 않았을까 하는 게 필자의 판단이다. 하나는 북한이 우리 군을 진짜 두려워했을 수도 있다는 정황이다. 북한은 지난 3.26 천안함 기습공격에 대해서 우리가 보복할 수 있다는 두려움이 있었을 가능성도 있다. 그래서 지레 질겁을 해서 자라보고 놀란 가슴 솥뚜껑 보고 놀란다는 식으로 자신들이 저지른 죄 때문에 발이 오그라드는 심정으로 선제공격을 감행했을 수 있다는 가능성이 하나 있다.

두 번째는 한국군이 북한을 공격한다고 가정하고 오랜 시각 즉각대응 연습한 것을 실전상황으로 재현했다는 것이다. 그날 필자가 실제 연평도에 포격당한 현장을 가봤더니 이것은 한국군의 사격훈련에 대한 단순반응식 포격이 아니라는 확신을 가졌다. 그렇게밖에 생각할 수 없었던 이유는 K-9포 포진 세 곳이 다 포진 옆에, 포진의 문쪽의 담벼락에 똑같은 위치, 그러니까 포가 있는데서 90센티미터 내지 1미터, 그리고 바닥에서 1.5내지 2미터 사이에 포격을 당했다는 것이다. 포격당한 지역이 세 곳이 다 다른데 세 곳 다 똑같은 위치에 포격을 당했다. 이밖에도 우리 군의 전략적 요지인 정보센터, 상수도, 군수보급창고, 의료시설, 지휘통제센터도 모두 포격당했다는 것도 이러한 주장을 뒷받침하기에 충분한 현장 증거였다. 이것은 100% 조준사격이다. 이것은 북한 6연대의 전술적 핵심인 '남한이 반격을 가할 수 없도록 전략적인 요충지에 정확하게 타격을 한다'는 공격목표를 그대로 수행했다. 즉, 연평도를 목표로 아무데나 무자비하게 쏜 게 아니고, 연평도의 지도를 놓고 타격할 목표지점을 정확하게 타격했다는 것이다, 필자가 연평도

80

포격현장에 가서 조사해 보니 이런 추측은 거의 확신으로 바뀌었다. 북한군은 '민간인 두 명이 사망한 것'에 대해서는 '유감이다'는 수준의 사과표명을 한 것도 민간인을 죽이려고 한 게 아니라 북한군의 타격지점에 민간인이 있었기 때문에 본의 아니게 그렇게 돼서 '유감이다'는 의미였다. 즉, 민간인이 해병대 막사를 짓고 있었기 때문에 타격지점인 해병대 막사로 쏜 포가 민간인에게까지 화를 입혔다는 것이다. 따라서 북한군은 해병대 막사까지 포함해서 정확하게 전술적 핵심요지를 지도를 봐가며 타격했다는 것이다. 이건 바로 간첩이 수없이 연평도를 왔다가면서 지도를 그려서 북한군에 넘겨주었거나, 북한군이 그 지도를 토대로 연평도의 군사시설 관련 지도를 만들어 놓고 지도를 몇 배로 확대해서 그것을 보면서 쐈다는 것이 된다.

필자는 이번 연평도 포격사건을 계기로 우리 주민들이 섬에 생활하는 숫자가 많아야 북한의 노골적인 도발을 막을 수 있다는 취지의 발언을 했다. 필자의 걱정처럼 실제로 연평도는 주민 수십여 명만 남아 있는 유령의 섬이 되어버렸다. 따라서 필자는 이를 막기 위해서 여야가 지난 10월 29일 발의한 서해5도 특별법을 빠른 시일 내에 통과시켜 섬의 긴급복구와 주민들의 생활지원에 하루빨리 나서야 할 것이라고 주장했다.

나는 연평도 사태 직후 열린 대정부 질의에서 우리 군의 미비했

던 전투태세에 대해 지적한 후 적절한 대비책을 세울 줄 것을 요구
했다. 군이 공식적으로 부인했지만 연평도 포격에 적이 열압력탄
을 사용했을 가능성을 제기해 북한군 무기체계에 대한 관심을 환
기시켰고, 연평도에 비축 중인 우리 군의 탄약이 일주일치 뿐이었
다는 사실도 밝혀냈다. 특히 적의 동향을 탐지하는 레이더의 미비,
동굴 해안진지를 공격하기 위한 정밀유도무기의 부재 등을 지적한
점은 연평도 방어 전략을 짜는데 좋은 참고자료가 될 것이라는 평
가다.

나는 특히 "K9 자주포 배치를 늘리는 것도 중요하지만 연평도의
대 포병 탐색능력을 강화하고 해안동굴을 공격할 수 있는 GPS 장
착탄 등 무기도 증강해야 한다"고 제안했다. 또한 "북한에서는 서
북 5도가 가장 중요한 전략요충지로 생각하고 모든 것을 다 준비
하고 있다. 남포 기지도 있지만 서북 5도가 우리를 치기 제일 가깝
고 편하다. 심지어 서울서 불과 80km 거리에 위치한 해주에는 북
한의 주력 장사정포와 기갑부대가 다 배치되어 있다. 따라서 서해
5도의 해병대 전력을 강화도에 못지않게 강화하는 것이 급선무"라
며 북한군에 대한 안이한 방어태세를 바꿔 해병대 전력 증강을 통
해 북한군의 도발을 원천적으로 막을 수 있는 방안을 마련해 줄 것
을 요구했다.

또한 이번 연평도 폭격사태를 통해 드러난 우리 군의 전투와 무
기체계에 대한 실전 경험 미숙을 유엔의 평화유지활동(PKO)과 동

맹국의 군대 파견을 통해 실전경험을 쌓는 기회로 삼자고 제안하기도 했다.

연평도 폭격사태 이후 국회의 대응은 불과 9개월 전에 드러났던 천안함 폭침 후의 대북결의안 채택과 너무도 흡사한 상황으로 전개돼 우리 국회의 안보부재 의식을 다시 한 번 느낄 수밖에 없었다.

나는 작년 10월 25일 국회에서 가결된 '북한의 도발행위 규탄 결의안'에 반대하는 입장을 분명히 했다. 당시 나는 "북한의 무력 행위를 규탄하는 큰 뜻에는 동의하지만 결의문의 문구 내용이 폭행사건 합의서 수준으로 너무 평이하다"며 국회 대북규탄 결의안에 반대하며 기권을 했다. 나는 "강력한 대북 응징의지가 담기지 않은 무기력한 결의문에 동의할 수 없으며, 추후 민간인을 살상한 무력공격이 재발할 경우엔 어떻게 응징하겠다는 내용도 촉구하고 있지 않다"라고 지적했다.

그런데 가관인 것은 당시 민노당 소속 의원 5명이 전원 기권했는데 그 이유가 '평화체제 구축을 위한 남북대화 촉구내용이 빠졌다'는 어이없는 내용이었다. 그들은 한술 더 떠서 북한의 연평도 포격 도발을 우리 군에서 유발했다는 식의 주장을 폈고 실제 전시상황임에도 불구하고 진보신당의 조승수 의원은 "확전을 반대한다"는 이유로 유일하게 반대표를 던졌다.

이와 관련, 한 정가 관계자는 "군과 민간을 가리지 않고 인명살상을 위한 무차별 도발을 옹호하는 것은 결국 북한의 제5열임을 자인하는 셈"이라며 "국민들의 세금으로 국회에서 활동하면서, 북한의 도발이 정당하다고 주장한 것으로 반역행위로 볼 수밖에 없다"고 언급했다.

이러한 좌파진보진영 의원들의 반란표는 사실상 우리 군과 민간인을 가리지 않고 무차별 포격도발을 가해온 북한 김정일 독재정권에 면죄부를 주겠다는 의도가 다분해 국민적인 공분을 일으키기에 충분했다.

더욱이 일본 하토야마 유키오 전 총리가 국회 대북규탄 결의안이 통과되던 11월 25일 고(故) 서정우 하사와 문광욱 일병의 합동분향소를 찾아 조문하고 유족을 위로했으며, 일본 의회가 사실상 만장일치로 대북규탄 제재안을 처리키로 한 것으로 알려져 '일본 의회보다 못한 대한민국 국회'란 비난이 쏟아지기도 했다.

결국 말도 많고 탈도 많았던 국회 결의안은 북한의 연평도 포격도발을 남북기본합의서와 정전협정을 위반한 무력 도발행위로 규정했으며, 정부에 대해선 북한의 추가도발에 단호히 대응할 것을 주문했고 북한에게는 침략행위 중단과 사죄 그리고 재발방지 요구 등의 내용으로 가결됐다.

연평도 폭격은 3월 26일 천안함 폭침 이후 남한이 북한에 보복을 할지도 모른다는 두려움에 의한 즉사반응이라기보다는 만약에 한국측에서 자기들을 향해서 공격을 할 때에 즉각 대응해서 어디를 쳐야 된다는 것을 염두에 두고 오랜 시간 훈련 연습한 것을 그대로 실제상황으로 재현한 것이라는 게 필자의 생각이다.

연평도 폭격을 국방부에서는 '교전 및 도발'이라고 하지만 필자가 볼 때는 이번 사태는 도발이나 교전이 아닌 치명적인 화염 및 살상무기로 북한이 저지른 만행이다. 군 당국은 북한의 보유로 추정되는 열압력탄 및 특수폭탄에 대한 대책을 하루빨리 세워야 한다.

북한인권법,
고개 숙인 국회

영국 상·하원의원 20명이 지난 7월 20일 우리 여야 4당 대표 앞으로 북한인권법 제정을 촉구하는 서한을 발송한 것으로 25일 확인됐다. 한나라당, 민주당, 자유선진당, 민주노동당 대표를 각각 수신인으로 한 이 서한은 이번 주 안에 도착할 것으로 보인다.

이들은 서한에서 "북한의 인권을 증진하는 것은 한국뿐 아니라 국제사회의 이익에 부합한다고 믿는다"며 "귀하와 귀하의 당이 북한인권법을 지지해 법률로 제정하기를 희망한다"고 썼다. 의원들은 이어 "(현재 한국 국회에 계류돼 있는) 북한인권법안이 북한의 인권 상황을 개선하는데 필수적인 제도적 장치들을 마련하는 것을 목표로 했다는데 감명받았다"며, 북한인권대사 신설, 북한인권자문위원회 설치, 북한인권기

록보존소 설치 등 법안의 구체적 내용에 대해 '환영한다'는 입장을 밝혔다.

이들은 '북한에 관한 상하원위원회(APPG. All-Party Parliamentary Group)' 소속으로 영국 의회 내에서 정파를 초월해 북한 문제를 다뤄왔다. 이들은 정식 상임위는 아니지만 의회에 정식 등록된 조직이다. 서한에는 위원회 소속 의원 20명을 대표해 의장인 데이비드 엘튼 상원의원(무소속)과 부의장인 짐 도빈 하원의원(노동당)이 서명했다.(조선일보, 2011년 8월 기사)

미국의 북한인권법은 '북한 정권은 김정일 절대권력하의 독재국가'라고 규정하고 있지만, 북한은 미국과의 직접 대화에 목을 매달고 있다. 2000년 북한과 수교해 평양에 대사관을 둔 영국도 북에 당당히 인권개선을 요구하고 있다.

국회가 제 할 일을 하지 않자 탈북자들과 북한인권단체 관계자들은 지난 2011년 6월 한달 간 런던, 베를린, 프라하 등 유럽 3개 도시를 돌며 북한인권 관련 토론회와 집회를 열었다. 영국 의원들이 서한을 보낸 것도 '북한인권법이 통과될 수 있도록 도와 달라'는 이들 인권운동가의 부탁 때문이었다. 민주당 안의 언필칭 진보라는 사람들과 진보정당은 부끄러움이 뭔지를 알아야 한다.

2004년 가을이었다. 당시 김문수 의원은 탈북자, 납북자, 국군

포로에 대한 법안을 7개나 제출했다. 본인이 대표 발의한 게 2개, 다른 의원과 공동으로 발의한 게 5개였다. 그때 김문수 의원이 법안 발의 설명을 하면서 눈물을 글썽이며 울먹이듯이 말했던 이 대목은 지금도 잊을 수가 없다.

"내가 국회의원을 세 번째 하면서 이 가난하고 불쌍하고 추위에 떨고 총살당하는 내 민족을 구하지 못하는 내 자신을 보면서 깊은 회의감에 빠졌습니다. 엄청난 자괴감과 자책감 속에 내 자신이 한없이 초라해지고 비양심적인 사람 같았습니다…."

북한인권문제에 대해서 생각할 때마다 김문수 도지사의 이 말이 마음에서 떠나지 않았다. 나는 가슴으로부터 최선을 다해야겠다는 마음가짐으로 백방으로 뛰어다녔지만 그때마다 느끼는 낭패감도 그만큼 심했었다. 왜냐하면 '북한인권' 만큼 노무현 정권과 한나라당에서 철저하게 외면당한 사안도 없었기 때문이다. 그만큼 그들의 눈으로는 '탈북자 문제'와 북한 내 인권실태에 대한 문제는 애써 외면하고 싶은 '계륵' 같은 존재였던 것 같다.

2006년 3월 22일 벨기에 브뤼셀에서 열린 '북한인권대회'는 북한 인권 문제를 미국, EU 등 국제사회에서 공통의 이슈로 부각시키는 계기를 마련했다. 이 대회는 미국의 프리덤하우스가 2005년 7월의 워싱턴, 12월의 서울에 이어 세 번째로 개최한 대회였다. 이 대회에는 벨기에의 '국경 없는 인권', 영국의 '세계기독연대', 프랑스의 '북한주민돕기위원회' 등 유럽 인권단체들이 전부 참여했다.

이 대화를 통해 유럽 의회는 EU의 대북 인도적 지원을 북한 인권 문제와 연계하는 등 조건부 지원을 아끼지 않기로 했다.

23일에는 유럽 의회에서 사상 최초로 북한 인권 청문회가 열렸다.

미국과 유럽의 시민단체들이 주도한 이날 대회에서 유럽의회 내 한반도위원회 부위원장인 이슈트반 센트 이바니(헝가리) 의원은 "그동안 유럽 의회는 북한의 인권문제에 소극적이었지만 이번에 그 심각성을 절감하게 됐다"고 말했다. 그는 또 "EU의 인도적 지원은 북한 주민들과 정치범 수용소에 갇힌 정치범들에게까지 돌아가야 하며, EU 차원에서 이뤄지는 대북 지원을 감시하고 통제하기를 희망한다"고 말했다. 탈북자 출신의 강철환 조선일보 기자는 "북한은 한국 정부의 무조건적인 지원을 악용하고 있다"며 "한국 정부의 단독 지원을 중단하고 국제 사회 전체의 지원으로 단일화해야 한다"고 말했다.

청문회에는 북한을 탈출한 2명의 여성들의 눈물어린 증언으로 한순간에 숙연한 분위기를 연출하기도 했다. 그중 이신 씨의 증언은 북한인권문제가 얼마나 심각한 상황인지를 그대로 느낄 수 있었다.

신변 보호를 위해 커다란 선글라스를 쓰고 검은 모자를 푹 눌러쓰고 참석한 탈북 여성 이신(28) 씨의 사연은 너무나 비참했다. 2003년 서울에 온 이 씨는 북한에서 선전부 가수였다. 중국으로 먼저 탈출한 언니를 따라 어머니, 여동생과 함께 중국행을 감행했지만 세 자매가 모두 중국인 및 조선족 남편에게 팔려가 강제결혼했다. 이 씨는 "중국으로 탈출한 북한 여성 대부분이 비참하게 팔려간다"며 "한족 남편에게서 도망하려다 잡힌 여성이 발가벗긴 채 오토바이를 탄 남편에게 질질 끌려가는 걸 내 눈으로 직접 봤다"는 충격적인 증언을 했다.

나는 23일 우리 정부의 대북지원에 대해서 다음과 같은 키노트 스피치를 했다.

"한국 정부는 많이 지원하면 북한이 변할 것으로 생각하고 있으나 실제로 일어난 일은 북한이 변한 게 아니라 버릇이 나빠졌다는 것이다. 노무현 정부 들어 북한의 나쁜 버릇이 더 악화됐다. 김정일 정권은 군대위주 정치를 강화하고, 북한은 더욱더 독재정권 강화 방향으로 나아가고 있다. 그들의 사상, 정치적 선동, 미사여구 등이 전혀 변하지 않았다. 오히려 변한 것은 남한뿐이다. 북한을 변화시키려다가 한국이 변하고 있다. 현 정부 들어 햇볕정책에서 평화번영정책으로 이름을 바꿨지만 실제로 남한 정부의 대북 정책에서 변한 것은 아무것도 없다. 맹목적으로 북한이 변한다고 착각하면 버릇만 나빠진다. 핵무기 위협을 더 많이 하면 대가를 더 받을 것으로 생각한다."

나는 '북한인권국제대회' 가 끝나자 각국 의원들의 서명을 받아 김정일을 국제사법재판소(ISJ)에 살인자로 제소했다. 실제로 김정일을 구속할 가능성은 낮지만 이런 살인마를 두고 살아가면 안 된다는 경각심을 전 세계에 알리기 위한 차원의 조처였다.

다행히 미국의 북한인권위원회 위원장인 수잔 솔티나 레커피즈 인권특사 등이 내 취지에 동의해 적극적으로 협조를 해주었다. 아직 제소는 하지 못했지만 앞으로 적극 추진해 김정일의 죄악상을 전 세계에 알리고자 한다.

이후로도 필자는 북한인권문제 전문가인 수잔 솔티 여사와 함께 〈요덕스토리〉의 국회공연과 세계 공연을 추진하고 있지만 자금이 여의치 않아 아직은 큰 성과를 올리지 못하고 있다. 무엇보다 한나라당과 정부에서 큰 관심을 가져주지 않아 국방홍보원에서 영화화한 것을 군에서 상영하는 정도에 그치고 있다는 점이 안타까울 뿐이다. 필자는 3선 국회의원에 당선돼 한나라당에 재입당할 경우 이 문제를 제일 먼저 해결하려고 생각하고 있다.

북한인권법은 바로 김정일에 대한 압박이자 김정일을 자극하기 위한 효과적인 전략이다. 한마디로 '너 그런 식으로 하다가는 언젠가는 천벌 받아 죽어' 정도의 무언의 압박. 북한인권법을 제정한다고 해서 북한주민들의 인권이 당장 하루아침에 몰라보게 좋아지기를 기대할 순 없다. 무엇보다도 김정일에 대해서 민주주의와 개방 정책을 도입하고, 인권을 존중하며, 현대국가다운 국가의 모습을 갖추도록 외압을 가하자는 것이다. 이런 내 의도를 법안 제안 취지를 잘 모르는 의원들이 '북한을 자극하는 법안이기 때문에 제정되어서는 안 된다'는 취지의 이상한 논리를 펴며 여론을 호도하고 있다. 하지만 이런 태도는 김정일 정권의 부도덕한 행위에 대해 너무 소극적으로 대응하는 것이라고 밖에는 말할 수 없다. 북한정권의 반발을 불러오고 북한정권을 자극한다고 말하는 건 너무 정치적인 계산이 깔린 주장이 아닐까 생각한다. 이것이 북한정권에 대한 내정간섭이라는 식으로 말한다면 지금 캄보디아의 킬링필드를 자행했던 폴 포트 정권 시절 정치지도자들에 대해 국제사회가 전범재판을 하는 건 무슨 권한으로 그럴 수 있단 말인가? 북한인권보호를 얘기할 때마다 김정일도 그렇고 중국도 다 내정간섭이라고 한다. 여기에 우리나라 일부 의원들까지도 북한을 자극하는 일이라며 김정일이나 중국과 비슷한 발언을 하고 있으니 과연 이들은 어느 나라 정치인인지 그 정체성에 의심이 간다. 북한인권법을 하지 말라는 것은 마치 옆집에 담뱃불이 번져서 우리 집까지 화재로 번지는 데도 말로만 불 끄라고 하고 물 호스를 갖다 주지 말라는 것과 똑같은 말이다. 한마디로 구더기 무서우니까 장 담그지 말고 햇빛 날 때까지 기다리자는 소극적인 방응이라는 것이다.

참여정부가 즐겨 썼던 단어가 '우리민족끼리' '우리끼리' 였는데 정작 북한 주민의 인권에 대해서는 손톱만큼도 생각하지 않은 채, 김정일과만 '우리끼리'를 했었다.

북한인권문제는 정치적인 시각이 아닌 가장 기본적인 인권문제의 차원에서 접근해야 한다. 정부가 북한을 자극하지 않겠다는 의도 하에 북한 당국자의 비위 맞추기로 일관함으로써 북한주민의 인권이 짓밟히고 방치되는 상황을 만드는 태도로는 통일을 논할 자격이 없다.

국민의 눈물을 함께한다는 정치인들이 이러한 민족의 아픔에는 관심이 없다니 너무도 안타깝다. 나도 정치인이지만 정치적 시각에 연연하지 않고 북한인권 개선을 위해 끝까지 싸울 것이다.

탈북자 교육은
'통일전략'

　지금 대한민국에는 2만 2천명의 탈북자들이 대한민국 국민으로 살고 있다. 그들이 인민의 지옥인 주체사상의 나라를 탈출해 대한민국의 품에 안기기까지는 평균 1년이 넘는 시간이 걸렸다고 한다. 대동강을 넘어 중국으로 잠입했다 한국으로 오는 사람도, 동남아시아를 떠돌다 탈북단체의 도움을 받아 한국으로 오는 사람도, 서해바다를 건너 국군에 인계돼 한국으로 오는 사람이든 하나같이 목숨을 건 탈출을 감행해 자유의 품에 올 때까지 그들이 치르는 자유의 대가는 너무도 처절하고 고통스럽다. 그렇게 생사의 기로를 넘어 자유의 품이라고 찾아온 대한민국에서 그들은 같은 동포인 줄 알고 손을 내밀지만 여전한 차별의 눈초리에 다시금 움츠러들고 만다.

나는 지난 2004년 김문수 의원의 북한인권법 제안 설명 이후 김문수 의원으로부터 북한인권 관련 일을 위임받아 사비를 들여가며 국내외를 막론하고 돌아다니며 북한인권 개선에 관심을 가져줄 것을 촉구했다. 그 과정에서 자연스럽게 탈북자 문제를 접하게 되면서 북한인권문제와 탈북자문제가 별개의 사안이 아닌 동전의 양면 같은 성격을 지닌 하나의 사안임을 깨닫게 되었다.

그동안 나는 '북한이탈주민보호 및 정착지원에 관한 법률' 개정을 위한 세미나를 비롯해 '납북자 및 탈북자 인권특위 자유주간 활동, 일본 납북자 및 북한인권대회와 의회 청문회 참석, 태국 억류 탈북자 돕기 활동을 하다 구속된 김희태 전도사 석방촉구 기자회견 및 한국 외교부에 공개서한 발송 등 탈북자들의 인권 개선을 위한 활동에 적극 참여해 왔다.

얼마 전 〈요덕스토리〉의 정성산 감독이 나를 찾아와서 〈요덕스토리〉로 세계공연을 하고 싶다며 세계공연추진위원장을 맡아 줄 것을 부탁했다. 나는 정 감독의 제의를 완강히 거절했다. 내가 한나라당 의원 같으면 국회예산도 좀 받을 수 있고, 정부에서도 지원을 받을 수 있겠지만 지금은 비교섭단체의 국회의원 신분이기 때문에 별로 도움을 주지 못할 것 같다며 완곡하게 거절을 했던 것. 하지만 정 감독은 돈도 돈이지만 의지를 갖고 이 공연을 끌고 갈 수 있는 사람은 송 의원님밖에 없다며 너무나 간곡하게 부탁을 해할 수 없이 그 자리를 맡고 말았다. 그후 〈요덕스토리〉의 해외공연은 언감생심 꿈도 못 꿨고 어렵게나마 국회에서 두 번 공연하는 데만족해야 했다. 미국의 공연도 좌절되고, EU에서 하는 것도 좌절되었다.

필자가 심혈을 기울여 추진하고 있는 정책은 북한 출신 탈북자대학생들의 취업안정성확보 방안이다. 최근에 탈북자 출신의 북한전문가인 조명철 박사가 통일교육원의 원장으로 가서 늦은 감은있지만 그나마 다행이라고 생각한다. 나는 북쪽에서 탈북해 온 최고의 엘리트들을 우리의 통일정책 수립에 적극 참여시켜야 한다고주장한다. 북한 대학교 출신의 탈북자들이야말로 우리가 통일정책을 수립하고 통일전략을 구사할 때 가장 앞에서 활약할 전위대 역할을 할 사람들이다. 그런데 이렇게 중요한 인재들을 아무렇지도않게 방치해 놓고 사회적인 대우도 제대로 해주지 않으면 유사시에 이들을 어떻게 적극적으로 활용할 수 있겠는가.

따라서 필자가 주장하는 것은 각 대학에 재직 중인 탈북자 대학생들 중에서 우수한 학생만이라도 1년에 10명 정도를 선발해 국가가 4년 전액 장학금을 줘야 한다는 것이다. 탈북 대학생들은 이명박 대통령의 복지재단에서 장학금을 주든지 국가관련 기관에서 장학금을 줄 수가 있다. 이명박 대통령의 사유복지재단에서 2010년부터 중·고등학생 1인당 연간 131만원씩 장학금을 지불한다고 들었다. 그런데 나는 그것보다 더 중요한 게 이들 탈북 대학생들에게 장학금을 주는 일이라고 본다. 이 학생들이야말로 통일에 앞장설 인재들이기 때문에 이들을 지금부터라도 유능한 통일일꾼으로 양성해 효과적인 통일전략을 펼칠 필요가 있다는 게 필자의 평소 지론이다. 일례로 서독에서 동독을 통일시키고자 했을 때 이 같은 프로젝트를 운영했다. 다시 한 번 강조하는데 일 년에 1억을 들여서 통일세력을 키우는 것만큼 효과적이고 경제적인 통일방법도 없을 거라는 걸 정부 관계자들이 귀담아 들어줬으면 좋겠다. 물론 계속해서 늘어가는 탈북인들을 위해서 하나원을 하나 더 짓고 취업정보를 갖다 주는 것도 현시점에서 대단히 중요한 일이다. 일반 탈북인들을 위해서 그들이 우리 사회에 적응해서 살아갈 수 있는 생활의 기반을 마련해 주는 것이 중요하다. 하지만 이에 앞서 통일을 대비한 통일 전위대로서 우리 국민을 끌고 가고, 우리를 교육시킬 사람으로 우수한 탈북 대학생들을 국가에서 전략적으로 육성할 필요가 있다.

다음으로 필자가 국가에 적극적으로 제안하는 정책은 국가통합 차원에서 국가사회통합부를 만들자는 것이다. 우리 정부는 왜 이민자 정책에만 그토록 몰두하는가. 우리나라에 정착한 탈북자는 현재까지 2만 명이 넘지만, 북한의 눈을 피해 중국과 동남아에 숨어서 한국으로 들어오기만을 학수고대하고 있는 예비 탈북자까지 합치면 그 수는 50만 명에 이를 것으로 추정한다. 그런데 그들이 한국으로 들어오는 것까지는 어쩔 수 없다 쳐도, 그들이 사회에 적응해서 살 수 있게끔 하는 한국 정착 프로그램이 전혀 없다는 건 정말 심각한 문제가 아닐 수 없다. 탈북자 수용을 위한 정부의 유일한 방법은 하나원에 입소시키는 것 외에는 마땅한 현실적 방안이 없다.

따라서 탈북하는 사람들이 이 사회에 적응해서 잘 살 수 있도록 현실적인 대안을 마련해주는 사회통합부 설치가 절실하게 요구되는 것이다.

사실 나는 북한인권문제를 전문적으로 다루는 국회의원으로서 '북한인권' 얘기만 나오면 쥐구멍이라도 찾고 싶을 정도로 부끄러울 따름이다. 북한인권문제는 전적으로 우리 동포들의 문제임에도 불구하고 우리나라의 여야 정당 그 어디에서도 책임 있는 행동을 하는 정치인을 찾아볼 수가 없었다. 반면에 일본 의회는 755명 의원 중에 287명이 북한인권위원회 회원이다. 쉽게 말하면 요코다 메구미 납북사건 이후에 일본에서는 북한인권위원회 회원이 아니면 정치권에서 활동하기조차 어려울 정도로 이 문제는 국가적인 사업이 되어버렸다. 그렇게 일본에서는 주요 사회 관심사로 떠오른 사안이다 보니 필자는 일본 의회에서 3번이나 관련 연설을 했다. 또한 몽골 정부에 '탈북자 피난센터를 만들자' '탈북자 정책센터를 만들자'는 제안을 했지만 오히려 우리 정부의 비협조로 생각만큼 빠르게 진전되지 않고 있다. 이 문제는 현재 한나라당 원내대표인 황우여 의원과 함께 계속해서 추진하고 있다. 그런데 우리 정부가 너무 부정적인 태도로 일관하다 보니 몽골도 적극적으로 나서지 못하고 있는 실정이다. 필자가 북한 청년들이 몽고에 와서 1년에 5천 명 정도 일할 수 있도록 주선했는데 정부에서 껄끄럽게 생각해 애초 구상의 5분의 1인 1천 명만 몽고에서 일하고 있는 것으로 알고 있다.

캄보디아 국경 너머에는 수많은 탈북자들이 숨어서 생활하고 있다. 지금 북경이나 동남아의 대사관 지하엔 지하실을 개조해서 닭장처럼 만든 시설에서 탈북자들이 빨래도 하고 음식도 먹으면서 처절한 삶의 희망을 놓지 않고 있다. 현장에 가서 탈북자 시설에서 생활하는 탈북자들을 보면 정말 '사람이 어떻게 저 정도까지 바닥생활을 할 수 있을까?' 싶을 정도로 너무나 비좁고 비위생적인 시설에서 생활하고 있다. 인력은 늘지 않는데 탈북자들은 감시 관리해야 하니 대사관 직원들의 고충도 상상을 초월할 지경이다. 그러니 외교통상부에만 책임을 전가할 게 아니라 국가 차원에서 사회통합부를 만들어서 탈북자 입국 및 국내 정착 과정을 일괄적으로 관리하는 업무를 담당해야 한다. 그래서 북한을 탈출한 동포들이 해외의 대사관을 거쳐 우리나라로 입국하기까지는 외교통상부에서 맡고, 한국에 와서 정착하거나 적응하는 데 따른 업무는 사회통합부가 맡도록 하는 전문적인 이원관리체제를 도입해야 효과적인 탈북자 운영관리가 될 것이다. 이 일은 업무의 성격상 통일부가

할 수 있는 일도 아니고 지금처럼 전적으로 외교통상부에만 맡겨놓을 일도 아니다. 이런 부분들도 적극적으로 개선돼야 탈북자 인권상황이 나아질 수 있다. 그렇지 않으면 탈북자들은 생사의 기로를 넘어 어렵게 한국에 와 정부로부터 최소한의 정착금을 받아도 한국으로 오는데 든 상당 비용을 또 브로커들에게 줘야 한다. 이렇게 되면 탈북자들은 남한 생활에 꼭 필요한 정착자금을 받아도 남는 게 없어서 극심한 생활고에 시달릴 수밖에 없다는 게 탈북자 문제의 또 다른 그늘이다.

탈북자 인권 개선 문제는 대한민국을 제2의 조국으로 택한 탈북자들에게 우리가 당연히 해야 될 의무이지만, 아직도 탈북자들에 대한 인식은 상당히 미흡한 실정이다. 그래도 조금은 희망을 가질 수 있을 만한 정부의 태도 변화가 감지되는 요즘, 우리의 국민이 되기 위해 죽음의 공포를 무릅쓰고 자유대한을 찾은 탈북인들에게 마음으로부터 다가가는 현실적인 정책들이 하루빨리 시행되길 기원한다. 그래야 그들도 대한민국의 품에 안기길 잘했다는 안도의 마음을 가지면서 진심으로 대한민국을 사랑할 수 있지 않겠는가.

통일정책,
새로운 패러다임으로

　얼마 전 한 일간신문에 난 '초중고교생의 대북인식조사' 결과를 분석한 기사를 보고 나는 경악을 금치 못했다. 기사에 의하면 서울의 초중고교생 10명중 4명 이상(43%)이 연평도 포격이 북한의 도발임을 모르거나 남한의 군사훈련 때문에 벌어진 일로 잘못 알고 있다는 것이다. 더 기가 막힌 것은 연일 신문 방송에서 하루도 빠지지 않고 보도됐던 천안함 폭침에 대해서 북한의 소행인지도 모르는 학생이 36%에 달했다고 한다. 문제의 심각성은 여기서 그치지 않는다. 학생들은 6.25 전쟁에 대해서도 30% 가까이가 북한의 남침임을 알지 못한다고 한다. 일이 이 지경에 이르도록 관련 교육기관은 어떻게 학생들을 가르쳤는지 한심하기도 해서 기사를 좀 더 꼼꼼히 살펴보니 그 배후에는 전교조 교사들의 왜곡된 역사인식에서 비롯된 종북적(從北的) 통일교육에 있었음을 알 수 있었다.

지난 1998년부터 2007년까지 우리는 진보성향의 김대중 정부와 노무현 정부를 거치면서 '평화공존'이니 '남북화해무드'니 하는 용어를 통해 마치 북한과 우리가 평화협정이라도 맺은 듯한 분위기에서 살아왔다. 당시의 사회적 분위기랄 수 있는 '남북 평화공존' 무드는 용어 자체로 해석하면 남북이 전쟁 없이 평화롭게 같이 살자는 의미였다. 그러다 보니 당연히 국민들은 '통일'에 대한 간절함이나 필요성이 약해지게 되었다. 한마디로 통일에 대한 최면효과에 빠졌다고나 할까. 국민들은 심심찮게 '남북이 평화롭게 잘 살면 되지 힘들게 왜 합쳐야 해?' 하는 현 상태의 유지를 바라는 의식이 본의 아니게 국민들 의식 속에 자연스럽게 자리 잡게 되었다. 이건 일종의 마약과도 같은 무서운 최면효과가 아닐 수 없다.

지금 우리가 정확하게 북한을 인식해야 할 것은 이제 북한은 김일성에서 김정일로, 다시 김정은으로 이어지는 세계에 유례가 없는 3대세습체제로 접어들었다는 것이다. 지금 김정일이 김정은에게 세습을 시킬 수는 있지만 김정은이 북한 체제를 유지하며 아버지처럼 정권을 이어나갈 수 있겠는가? 나는 거의 가능성이 없다고 전망한다. 따라서 김정은으로의 세습이 완료되고 나면 북한은 상당히 요동칠 것이다. 어떤 요동인가? 중국식 개방개혁을 받아들이

자는 측과 절대로 개방개혁은 안 된다는 인민무력부 중심의 헤게
모니 쟁투전이 벌어질 것이라는 것이다. 그런데 여러 가지 북한 권
부 관련 정보와 군부의 최근 동향 등을 분석해 보면 중국식 개방개
혁을 받아들일 가능성이 훨씬 더 높다.

중국은 이미 오래전부터 북한을 리모컨으로 조종해 오고 있다.
지금 중국이 가장 원치 않는 북한의 변화는 미국식 민주주의가 북
한에 들어와서 한반도가 통일되는 시나리오이다. 중국은 한반도에
서 미국식의 통일만은 있을 수 없는 일이라며 오래 전부터 중국식
사회주의 국가로 북한을 길들이고 있다. 중국이 가장 원하는 패러
다임은 중국식 공산주의 체제를 따르는 김정은 3대세습 국가이다.
중국이 김정은 체제를 인정해줘 정치는 중앙집권체제로 가면서 경
제는 중국식 개혁개방을 받아들여서 북한 전체가 중국의 속국화가
되는 시나리오를 중국은 가장 바라고 있다. 그렇게 되면 결국 남쪽
은 미국과 한국이 계속 관계를 유지하고, 북쪽은 중국과 북한이 관
계를 유지하겠다는 계산을 가지고 북한에게 접근하고 있는 것이
다. 이처럼 고도의 전략전술로 장기적으로는 북한을 중국의 자치
주 정도로 속국화하겠다는 것이 중국의 의도라는 점을 우리 정부
는 제대로 인식하고 이에 대한 대책을 마련해야 한다.

나는 북한의 중국 속국화를 막는 가장 효과적인 방법은 북한과
다양한 합작사업을 하는 것이라고 본다. 가령 현재 북한의 장성택
이 주도하는 '평양 10만호 주택짓기' 사업이 있다. 나는 얼마 전 통

일부에 우리가 평양 10만호 주택사업에 참여하자고 제안한 바 있다. 한국의 워크아웃 건설업체를 평양에 보내서 주택사업을 지원해 주자는 것이다. 그렇게 되면 우리의 워크아웃 기업도 살릴 수 있고, 북한의 노동력도 살릴 수 있어 우리 근로자와 북한주민이 서로 하나가 될 수 있는 것이다. 한마디로 남북 근로자의 사회통합이 이루어지는 것이다. 이처럼 우리가 지금 접근해야 할 통일방식은 국민과 국민끼리의 사회통합이어야 한다.

나는 통일을 위해서는 우선 북한정권을 국가적 실체로 인정하는 것이 필요하다고 본다. 왜냐면 실체가 없는 국가끼리 통일을 할 수도 없고 통일을 얘기할 수도 없기 때문이다. 북한정권을 국가 실체로 인정하지 않는다면 남북한이 분단된 상태가 아닌데 통일할 근거가 없지 않은가?

여기에 대해서는 일정 부분 김대중 대통령이 추진하려 했던 연방제 통일안을 차용할 수는 있겠다. 김대중 대통령의 '연방제 통일안'의 핵심 내용을 살펴보면 다음과 같다.

"2000년 6월, 김대중 대통령은 김정일 국방위원장과 만나 '6.15 선언'을 천명했다. 6.15 선언의 핵심은 남북간 긴장 완화, 이산가족 상봉, 금강산 관광, 남북민간인 교류와 대북경제협력 개선, 남한의 자본과 북한의 노동력이 결합된 개성공단 가동 등이었다. 이를 통해 6자 회담을 상설기구화해서 한반도와 동북아시아의 평화를 6자 회담 참여국가가 공동으로 책임지는 기구로 발전시켜 나간다. 이러한 한반도 평화정착을 기조로 남쪽의 '남북연합제'와 북쪽의 '낮은 단계의 연방제'를 통합하여 통일의 첫 단계에 들어가야 한다. 이러한 평화를 기반으로 한 '남북연합제'와 '낮은연방제'를 통합하여 점진적인 통일을 이루어나간다."

DJ의 연방제 통일안 중 우리가 통일전략으로 차용할 만한 것은 북한을 인정해서 남북한을 상호통일의 주체로 규정한다는 것과 남북 간의 교류 협력을 증진해 개성공단을 가동한다는 것 정도이다. 이를 통해 남쪽의 '남북연합제'와 북쪽의 '낮은 단계의 연방제'를 통합하여 통일의 첫 단계에 들어가야 한다는 것 정도일 것이다.

그럼에도 불구하고 DJ가 그토록 오랜 시간동안 주장해 왔던 '연방제 통일안'이 한계에 부딪친 이유는 여러 가지가 있겠지만 그중에서도 가장 중요한 것은 북한정권의 실체를 너무나 순진하게 파악하고 있었다는 것이다. DJ가 그렇게 순수한 평화인도주의 차원에서 남북한끼리 현실적으로 여건이 되는 것부터 차츰 풀어나가자고 했지만 김정일은 이 모든 것을 자신의 정권유지와 핵무기 개발을 위한 유효한 전략으로 철저히 이용했다. 그 결과 지금은 금강산 관광사업도 중국 측에 넘어갈 공산이 크고, 6자회담은 자신들의 정권 수호를 위한 벼랑 끝 전술의 장으로만 활용하고 있다. 한마디로 '통일'을 지상과제로 한 DJ의 낭만적 통일관이 현실적 이해관계에 부딪혀 김정일에게만 햇볕을 주고, 북한주민은 더욱 배고프고 비참한 인민지옥으로 전락시킨 거죽뿐인 통일안이 되고 말았다.

나는 이명박 정부가 최소한의 국가 차원에서의 통일 전략은 거의 전무하다고 보며, 이를 안타깝게 생각한다. MB는 인수위 시절 '통일부'를 없애자고 할 정도로 통일에 대한 개념이 없었다. 이러한 MB의 통일관은 북한의 실체조차 제대로 파악하지 못해 '비핵·개방 3000'이라는 비현실적인 대북방안을 내놓기에 이르렀다. 이른바 '북한이 핵을 포기하면 북한소득을 3000달러가 될 수 있도록 하겠다'는 이 구상은 김정일에게 있어서 핵이 돈줄이자 자신의 생명줄임을 전혀 인식하지 못하고 나온 비현실적인 대북공상(?)에 불과한 정책이다. 통일부에도 통일정책은 없고 북한 분단 관리정책만 존재한다. 가령 통일을 전담하는 부서인 '통일부'에서 실시한 여론조사에 '통일'이라는 단어는 그 어디에도 없고 대북정책, 남북관계발전, 관리방향 등만 평면적으로 나열돼 있을 따름이다.

이러한 국가 최고지도자와 통일담당부서의 업무수행 방식을 통해 볼 때 과연 이 정부가 북한과 제대로 대화할 의지조차 있는지 의심스러울 따름이다. 한마디로 북한과 통일을 전제로 대화와 정책을 해보겠다는 것은 그냥 대북기조를 형식적으로 나열한 것일 뿐 사상누각에 빛 좋은 개살구밖에 되지 않는다.

지난해 이명박 대통령께서 '통일세'를 준비하자는 화두를 던졌지만 그 이후로 논의되는 것이 없다. 통일세를 내야 할 국민들이 납득할 수준의 통일정책과 통일전략을 제시하지 못하기 때문이다.

천안함 폭침과 연평도 포격사건 이후 북한에 강력하게 대응한다는 정부의 5.24조치는 모두 7개항의 조항이다.

1. 교역교류중단, 개성공단 제외 남북 경협교류 전면 중단. 대북인도적 지원사업 원칙적 보류. 남북 간 모든 교역물품의 반출과 반입 금지 2. 자위권 발동. 연평도 공격 이후 교전규칙 강화. 작전 시 교전규칙 '선조치, 후보고'로 변경. 현장지휘관 역할 강조 3. 대북심리전 재개 4. 북한선박의 우리 해역 진입 금지. 북한선박의 우리 해역 운항 불허 5. 한미 대잠 훈련 6. 정부, 천안함 어뢰공격에 대한 대응조치로 독자적인 PSI 해상차단훈련 뿐 아니라 역외 해상차단훈련도 적극적으로 참여 7. 유엔 안보리 회부, 천안함 사태, 연평도 공격 유엔안보리 회부 등이다.

나는 개인적으로 5.24조치 중 다른 것은 그대로 다 묶어둬도 대북경협이나 금강산은 풀어야 된다고 생각한다. 다만, 대북경협사업에서 우리는 북한 정권에 현금을 주지 말고 현물을 주어야 한다. 그것도 북한이 다시 어디에 팔 수 없는 현물, 그러니까 강냉이가루라든가 탈지분유 같은 것을 주어야 한다. 김정일이 받기 싫으면 할 수 없는 것이지만, 그런 것을 줬을 때 최소한 인민들을 배 곯려 죽게는 하지 않을 것 아닌가. 북한의 인권이 맞아죽지 않고, 굶어 죽지 않는 최소한의 인간의 권리라고 한다면 금강산 지원이나 대북경협을 통해서 인민들이 먹을 수 있는 기본적인 기아해결 방법을 제시하는 게 가장 최선의 대북지원이 아닐까. 그것을 전부 받을 수 없다고 하면 우리 제안과 북한의 요구를 7대 3으로 한다든가, 중국을 통해 주든지, 아니면 필자가 계속 주장하는 월드뱅크를 만들어서 주는 방법 등을 강구해 볼 수 있을 것이다.

대북경협에 있어서 개성공단 운영도 중국 노무자를 10% 정도 끌어넣는 방법도 효과적인 김정일 정권 관리수단이 될 수 있다. 대북경협 현장에 중국 인력을 투입하면 북한이 별다른 이유도 없이 개성공단 문 닫으라고 할 때에 중국의 눈치가 보여서 그렇게 할 수 없도록 하는데 유효한 장치가 될 수 있을 것이다.

개성공단에서 나오는 수익금은 월드뱅크에서 관할하도록 해 수익금이 김정일에게 흘러들어가지 못하도록 해야 한다. 월드뱅크에서는 공단에서 나오는 수익금을 북한이 필요로 하는 현물로 제공할 수 있을 것이다. 사치품이 아니라 비누라든가 치약, 밀가루 같은 생필품을 주는 것이다. 북한이 절실하게 필요하다고 하는 생필품을 보면 구두약, 칫솔, 치약 같은 우리가 60년대에 부족했던 생필품들이 대부분이다. 북한에는 개성공단뿐 아니라 평양에 100여 개의 우리 공장이 있다. 북한이 나빠서 그러는 게 아니라 우리도 뼈아픈 가난을 겪었기 때문에 그들이 절실하게 필요로 하는 것을 주자는 것이다. 만약에 김정일 정권이 그것도 싫다고 하면 평양에 합작공장을 짓도록 하자. 수건공장, 비누공장, 빵공장 등 인민들이 살 수 있는 물품을 만드는 그런 공장을 우리가 100% 지어주자. 그리고 그곳에서 나오는 이익의 20% 정도만 현금으로 주고 나머지 80%는 현물로 주는 방식으로 대안을 찾아야 한다. 필자는 기회 있을 때마다 통일부에 이런 내용을 골자로 하는 대북경협제안을 하곤 했다. 그런데 내 제안에 대해 MB 정부는 완전히 문을 걸어놓고 아무런 대안도 내놓으려고 하지 않기 때문에 대북지원이 더 이상 진전이 없는 것이다. 내가 금강산이나 대북경협 시 현금은 주지 말되 방법은 찾아야 된다고 수도 없이 되풀이해서 제안해도 통일부에서 필자에게 돌아오는 대답은 "현금이 아니면 안 받으려고 한다"는 상투적인 대답뿐이다. 그러면 내가 "정부에서 북한에 얼마나 설득해 봤냐?"고 답답한 마음으로 따져 물으면 돌아오는 답은 유야무야 은근슬쩍 꼬리를 내리는 게 정부의 대북지원 태도였다.

나는 우리의 대북정책이 적극적으로 변하고, 현실성 있는 통일전략이 나와야 한다고 주장한다. 김정일이 콧방귀도 안 뀔만한 비현실적인 대북정책이 아니라 보다 현실적으로 주적(김정일 정권)과 동포(북한주민)를 구별해 압박과 포용의 이중정책을 구사해야 한다.

나는 통일을 위해서 남북정상회담을 하는 것도 중요하지만 기본적으로 남북경협이나 다양한 경제협력 방안을 통해서 북한 주민들이 먹고살만한 생활품들을 현물로 지급하는 방식을 최대한 많이 제안해야 한다고 본다.

세계식량계획(WFP)에 따르면 현재 북한 어린이 240여만 명이 대부분 영양실조에 걸려 있다고 한다. 또한 미국국가정보위원회 보고에 의하면 북한은 만성적 영양실조로 인해 남·북한 영유아 신장 차이가 10cm 이상 차이가 난다고 한다. 이러한 만성적인 영양실조로 인해 북한 징집대상자의 1/4이 심각한 영양부족에 의한 지적 수준 저하로 군복무가 불가능하다고 한다.

따라서 우리 정부가 정말 통일을 염두에 둔다면 통일세를 거두는 게 문제가 아니라, 너무 못 먹어서 지능지수가 낮고, 성장이 우리보다 30년은 떨어진 아이들을 먹여 살리고 정상적인 신체발육을 하도록 북한주민들의 기초생활 개선에 좀 더 관심을 갖고 대북정책을 추진해야 한다.

이제 우리의 대북정책은 북한에 국한된 정책이 아니라, 우리 민족과 한반도 전체의 미래를 큰 틀에서 그려낼 수 있는 '한반도 경영 구상'이 돼야 한다. 또한 앞으로의 통일정책은 정치적인 부분, 군사적인 부분, 경제적인 부분을 분리하고, 김정일 정권과 북한 주민을 분리하는 통일 정책을 펴야 한다. 북한의 산업구조 변화를 유도할 수 있는 남북경제협력 플랜을 세우고, 남북경협을 통해 북한 주민에게 자본주의를 배우게 해 북한 주민의 의식을 개혁하고 개방해야 한다. 또한 북한 주민의 마음을 얻어, 아래로부터의 개혁이 일어날 수 있도록 유도해야 할 것이다. 평양 10만호 주택 건설 참여, 사회간접자본 설치 등 현실적이고 실현가능한 사업들이 빨리 추진돼 밑으로부터의 통일여건이 조성될 수 있기를 기원해 본다.

3

강군(强軍)의 길

DANGER
EJECTION
SEAT
DANGER
DANGER
NO STEP
WALKWAY

T-50 수출,
꿈은 이루어진다!

2011년 5월 25일, 우리나라가 독자 개발한 최초의 초음속 비행기인 T-50 고등훈련기를 인도네시아에 수출하는 계약이 체결되었다. 우리나라도 초음속 항공기 수출국 대열에 합류하게 된 것이다. 우리 40년 방위산업의 쾌거로 기록된 역사적인 날이 아닐 수 없다.

필자는 T-50에 대한 애정이 남다르다. T-50 수출이 가져올 부가가치가 얼마나 크고 대단한 것인지 누구보다 잘 알고 있기 때문이다. 인도네시아 수출 계약 체결 1주일 전에는 인도네시아를 방문하여 세일즈 의정활동을 펼치기도 했다.

필자는 지난 2010년 10월, 대한민국 국방위 국회의원 자격으로 인도네시아를 방문해 뿌르노모 유지안토로 국방부장관을 비롯한 인도네시아 민관 경협 실무진을 만나 한국-인도네시아 간 민관 경협 방산현안에 관해 심도 깊은 논의를 하기도 했다.

지난 7월에는 인도네시아에서 국내항공기인 T-50을 팔기 위해서 역사상 처음으로 민간인 여성으로서 45분간 비행을 했다. 그리고 대통령을 비롯한 국방 관련 주요 인사들과 함께 인도네시아에 가서 T-50을 판매하는데 미력하나마 힘을 보탰다. 결국 대통령을 포함한 많은 사람들의 노력의 결과로 국내 최초로 인도네시아에 T-50을 파는 개가를 올릴 수 있었다.

T-50은 원전과 함께 이명박 대통령이 취임이후 공들여온 수출 2대 프로젝트 중 하나로 잘 알려져 있다.

초음속 고등훈련기인 T-50은 말 그대로 전투 폭격기에 대한 훈련기다. T-50의 T는 Trainer 즉, 훈련기라는 것이다. 그동안 우리나라 방위산업의 역사는 40년 정도 된다. 하지만 그동안 방위산업 수출은 미미했다. 2007년 들어 방산수출의 효과를 보고 있을 정도다. 방산수출의 특성상 T-50 같은 무기를 한 번 팔게 되면 라이프 주기로 팔 수 있다. 백화점 옷처럼 한 번 팔고 마는 것이 아니다. 수출한 무기의 생명주기에 따라서 20년 내지 40년까지 같은 무기를 팔 수 있다. 그리고 T-50은 그동안 우리가 판 무기 중 가장 비싼 무기다. 뿐만 아니라 초음속 고등훈련기 T-50은 마하 1.5의 최고속도를 낼 수 있어 그 성능은 굉장히 좋다는 평을 받았다. T-50

과 경쟁할 수 있는 전세계의 훈련기는 이탈리아의 M346과 영국의 호크128 정도다. 그런데 싱가포르, 아랍에미리트연합(UAE)이 번번이 수출이 좌절돼 왔다. 그 이유는 가격 때문이었다. 이탈리아나 영국의 훈련기 보다 10%~20% 비싸다. 엔진출력이나 무장탑재능력, 최대속력 측면에서는 T-50이 월등히 우세하다. 하지만 핵심 기술이나 부품이 아직 해외의존도가 높다. 그리고 순수국산화라고 하지만 사실은 한국항공우주산업(KAI)와 미국의 록히드마틴사가 13년 동안 2조원을 들여 공동 개발했기 때문에 거기에 따른 코스트 문제가 있다.

인도네시아에 우리가 T-50을 팔 수 있었던 것은 5년 이상 공을 들인 많은 사람들의 노력이 있었기 때문이다. 물론 우여곡절이 없었던 것은 아니다. 가격의 문제로 많은 어려움이 있었지만 워낙 T-50이 좋은 성능을 가지고 있었기 때문에 어느 정도 확신을 하고 있었다. 그런데 인도네시아와의 협상이 어느 정도 긍정적인 단계에 왔을 때 국정원 직원의 인도네시아 특사단 숙소를 잠입하는 부끄러운 사건이 발생했다. 언론과 국내외에서는 국정원 사건으로 계약이 이루어지지 않을 지도 모른다는 조심스러운 전망을 내놓기도 했다.

사실 국정원이 T-50을 팔아야 하는 압박감 때문에 벌인 실수라고 할 수도 있다. 원칙적인 국정원 요원의 능력이나 실력이 부족하고 프로페셔널하지 못한, 한마디로 어설픈 작전 실패라고 봐야 한다. 무기를 팔기 위해 국정원이 나선 것은 문제가 없지만, 그 과정이 프로페셔널 하지 못했다. 다른 나라들도 무기를 팔 때 치열한 정보전을 벌인다. 미국의 FBI나 CIA, 영국 M16, 대만의 중산연구원 등, 그러나 이들은 성공과 실패를 떠나 자신의 신분은 철저히 숨긴다. 그런데 이번처럼 국정원 요원이라는 게 누구나 다 알 정도가 된다면 아마추어라고 해야 한다.

어찌되었든 T-50을 수출하게 되면서 얻을 수 있는 효과는 많다. 제한된 내수시장을 극복하고 국내 항공산업의 파이를 확대시킬 수 있게 되었다. 그리고 복합소재, IT, 정밀기계 등 연관산업 뿐만 아니라 연관기술에 미치는 영향이 크다.

파급효과가 기대되는 연관기술은 많다. ①자동차·고속철도 형상설계 및 안정성 검증기술, ②자동차·교량·구조물·복합재 설계 및 해석, 생산 기술, ③자동운항시스템, 무인자동항법장치, 시스템 제어·통합 기술, ④산업용 로봇 및 제어기, 3차원 공간 조종제어 기술, ⑤정밀 가공기술, ⑥인공위성 디지털 데이터 수심 및 분석 개발 기술, ⑦가상현실 체험장치 개발 기술 등 얼핏 생각되어지는 것만 열거해도 상당한 부분을 차지한다. T-50은 우리가 단순히 생각하는 날아다니는 비행물체가 아니라 최첨단 과학기술이 총체적으로 결합한 결정체라고 할 수 있다. 실제로 항공기 개발 기술은 전세계적으로도 자동차, 고속철도, 교량, 구조물 그리고 복합재 활용제품이나 경량제 소재 사용 제품군에 영향을 미친다. 이 뿐이 아니다. 인공위성 및 일반 가전제품, 산업용 기계, 로봇 산업, 원자력 발전소, 잠수함, 정밀가공 산업, 가상현실 체험 제품군 등 우리가 상상할 수 없는 많은 분야에 영향을 미친다. 일반적으로 생각할때 별 관계가 없을 것 같은 산업들조차 첨단 항공기술에 영향을 받고 있다.

경제 전반에 걸쳐 11.4억불의 생산유발과 3억불의 부가가치 창출, 1만2천여 명의 고용창출 효과가 기대된다. 뿐만 아니라 미국, 러시아, 영국, 프랑스, 스웨덴에 이어 세계 6번째 초음속기 수출국가가 되었다. 사실 이외에도 초음속기 생산국가는 일본, 이스라엘, 중국, 대만 등이 있다. 하지만 수출실적이 없어 국제적 인지도가 낮다. 이에 비해 우리나라는 인도네시아에 수출을 하게 됨으로써 항공산업 분야의 선진국 대열에 들어서게 되었다. 이는 국민들의 자긍심과 국격을 높이는 일이다.

인도네시아에 수출한 T-50의 물량은 총 16대로 모두 16억 달러에 이른다. 그리고 인도네시아에 방산수출이 여기에 머무는 것이 아니다. 인도네시아에서는 T-50을 써보고 다른 무기도 구매할 의사를 비치고 있기 때문이다.

한국항공우주산업(KAI)은 이번 수출을 발판삼아 3000여 대로 추정되는 고등훈련기 시장의 1/3을 석권하는 것을 목표로 세웠다.

2011년 말 폴란드에 16대의 수출을 계획하고 있는 것을 비롯해

2012년 이스라엘 30대, 이라크 16대, 2013년 칠레 16대, 2014년 말 경에는 미국에 400대 이상의 수출을 목표하고 있다. 이러한 계획이 가능한 이유는 자동차나 플랜트 등의 여타 수출산업과는 달리 항공산업은 최초 판매자(Launch Customer)의 시장지배적 현상이 일반적이기 때문이다. 실제로 폴란드의 경우 영국과 이탈리아 등 유럽이 공동 생산한 것을 주로 사용하는 유럽연합(EU)에 속해 있지만 T-50에 많은 관심을 보이고 있다. 물론 그동안 우리들이 꾸준히 많은 노력을 기울이며 접촉을 한 효과도 있지만 T-50이 성능이 좋지 않으면 아마도 거들떠보지도 않았을 것이다. 중요한 것은 최첨단 기술에 의해 탄생한 최고의 성능이 무엇보다 우선이었다는 것이다.

T-50과 같이 우수한 방위산업의 지속적 발전을 하기 위해서는 방위산업의 수출이 활발해져야 한다. 방위산업이 필요한 제일 큰 이유는 확실히 믿을 수 있는 국방력을 키우기 위해서다. 무기를 잘 만들어 수출로 인해 부가가치를 창출하는 것은 좋은 일이다. 하지만 결코 장사하는 데만 급급해서는 안 된다. 국방력 강화를 위해서 방위산업이 성장해야 하는 것이 아니다. 국방력 강화를 위해서 방위산업이 제 역할을 해야 하는 것이다. T-50의 수출이 무엇보다도 중요한 의미를 가지게 된 것은 수출로 인해 많은 부가가치를 얻는 것도 중요하지만 첨단 항공산업의 발전이 국방력 강화에 도움이 될 수 있다는 점이다.

2010년 7월 30일, 광주 전투 제1비행단의 활주로 위에 내가 탑승한 T-50이 이륙준비를 한다. 이틀 전 28일, 충북 청주의 공군 항공우주의료원에서 항공생리훈련을 받았던 기억이 떠올랐다. 항공생리훈련은 전투기 탑승시 발생하는 여러 가지 극한 상황을 이겨내기 위한 가장 기초적인 훈련이다. 그렇지만 일반인이 감당하기에는 결코 만만한 일이 아니었다. 가속도 훈련, 저압실 훈련, 비상탈출훈련 등 일련의 훈련과정은 여성으로서는 정말 견디기 힘든 고통스러운 훈련이었다. 심한 두통과 호흡곤란, 심지어 구토 증세까지 수반되었다. 함께 훈련을 받았던 원유철 위원장님이 남자임에도 불구하고 매우 힘들어했던 것으로 기억된다. 어쨌든 조종사의 고충을 잠시나마 경험해 볼 수 있었던 소중한 추억임에는 분명했다.

이날의 힘들었던 훈련을 다 끝마치고 나서 필자는 제1전투비행단에서 수여하는 소정의 정식 비행훈련 이수증을 대한민국 최초 여성 민간인으로 받을 수 있는 영광을 누릴 수 있었다.

나를 태운 T-50이 드디어 엄청난 굉음을 내며 이륙했다. 그 순간 내 온몸은 나도 모르게 살기 위한 투쟁을 시작했다. 솔직히 너무 긴장한 탓인지 지금도 당시 기억이 별로 없다. 수만 피트 상공을 날라 한반도 상공을 지나 까마득히 내려다보이는 성냥갑 같은 도시의 빌딩과 아파트들이 멀어질 때쯤에서야 정신을 차렸다. T-50은 구름 위를 꿰뚫고 나아가고 있었다. 그때 강금석 소령이 말을 걸었다. 강금석 소령은 제1비행단에서 우수하고 유망한 조종사로 인정받는 자원이라며 걱정하지 말라고 했던 전투비행단장 말이 떠올랐다. 강금석 소령은 매우 잘생긴 편이고 국회의원인 나에게도 허심탄회하게 말을 거는 당찬 친구였다. 그는 긴장한 나를 안심시켜주기 위해 비행 관련 여러 우스갯소리를 해주었다. 난 강 소령의 배려에 대견하기도 하고 고마운 마음도 들었다. 그렇게 나는 페이퍼 웍(Paper work)이 아닌 실제 탑승을 통해 T-50의 우수성을 온몸으로 느끼는 소중한 경험을 했다. 필자는 대한민국 최초의 민간여성 전투기 탑승자가 되었다.

방위산업,
대한민국 신성장 동력

세계에서 유일한 분단국가이며, 세계에서 가장 호전적인 북한과 대치하고 있는 대한민국에서 국방력은 국가를 지키는 절대적인 자위적 안보수단이다. 따라서 우리는 북한의 군사도발 위협에 맞서 스스로를 지키고 통제할 수 있는 자주국방 능력을 길러야 한다. 완벽한 자주국방능력을 갖춘다는 건 현실적으로는 불가능하다. 하지만 최소한의 자위능력 확보는 꼭 필요하다.

무엇보다도 자주국방을 달성하기 위해서는 스스로를 지킬 수 있는 고도의 전투력을 갖춘 군이 있어야 한다. 고도의 전투력을 갖추기 위해서는 군의 정예화가 불가피하다. 군의 정예화에는 전장 장비의 첨단화가 뒤따라야 한다. 국내 형편상 국방예산을 현격히 늘릴 수 없는 현실을 감안하면 국방자원의 효율적인 운용과 배분이 요청된다. 장비의 첨단화는 좋은 무기의 구매만으로 이루어지지 않는다. 끊임없는 연구와 개발을 통해 우리의 실정에 적합한 장비를 개발하고 이를 활용할 수 있을 때 자신감의 확보는 가능해진다.

1990년대까지 우리나라의 방위산업은 국민들에게 국방안보 측면에서만 부각돼 다분히 부정적으로 인식됐던 게 사실이다. 여기에는 방위산업이 갖고 있는 몇 가지 특징들이 국민들의 부정적인 인식을 키워왔던 것 같다. 즉 대규모 투자비용이 들고, 연구개발 결과가 불확실하고 위험하며, 국방비를 경제 논리인 효율성 측면으로만 접근하여 소모적 예산으로 인식되었기 때문이다. 하지만 방위산업은 주변산업의 파급효과가 광범위하고 투자결과와 효과가 장기적으로는 긍정적 측면도 간과할 수 없다.

특히 방위산업이 지닌 긍정적 역할은 국가안보 측면에서 자주적 군사력 건설의 핵심기반 마련, 작전의 지속능력 보장, 주변국 대비 기술적·전략적 측면에서 군사력 우위 보장 등을 들 수 있다. 또한 경제·산업적 측면에서는 획득비용 절감과 무기도입 비용의 인하 유도, 국내개발을 통한 생산유발/고용창출, 민수분야로 기술적 파급효과 달성, 우수한 기술력의 국제수요 창출 등의 장점이 있다.

지금까지 대한민국 방위산업의 발전상을 살펴보면 70년대는 기본병기 국산화를 위한 모방개발 단계로 소화기, 박격포, 곡사견인

포, 500MD 등을 개발하였다. 80년대는 기술도입 생산 및 연구개발 단계로 한국형 전차, 지대지유도무기, F-5 등을 개발하였다. 90년대는 첨단산업 육성 및 통합전력 발휘 단계로 K-9자주포, KT-1, 단거리 SAM 등을 개발하였다. 그리고 최근의 2000년대는 첨단기술 위주의 무기체계 및 장비확보 단계로 K-2전차/K21장갑차, 함대함 무기, T-50 비행기 등을 개발하였다.

현재 우리나라의 방위산업은 다음 몇 가지 측면에서 세계 수준에 미치지 못하고 있는 실정이다.

첫째, 국방과학기술 측면에서 보면 국방과학기술 수준이 선진국(미국) 대비 78% 수준(세계 11위 추정)에 머무르고 있다. (출처: 기품원)

둘째, 무기수준에 있어서는 미래전 대비 최첨단 무기체계 핵심기술의 국외의존도가 심화되고 있으며, 첨단무기체계의 경쟁력이 부족하다. 또한 무기체계 수입·수출의 불균형(수입액 세계 3위, 수출액 세계 17위), 무기수입 48%가 미국에 이를 정도로 대미 의존도 심화, 국방R&D의 실질적인 투자 저조 등을 들 수 있다. (출처 : OECD 2009년)

셋째, 연구개발비에 투자하는 비중이 지나치게 낮다. 이를 보다 구체적으로 살펴보면 국가연구개발비 대비 국방연구개발비는 18%이며(OECD 평균 32.9%, 프랑스 28%, 미국 56%), 국방비에서 국방연구개발비가 차지하는 비중은 5.1%(프랑스 7.2%, 영국

7.9%)에 불과하다. 또한 국방연구개발비 중에서 기초핵심기술비는 13.4%에 불과하다. 기초핵심기술에 대한 낮은 투자는 핵심기술의 해외 의존도를 높여 국제 경쟁력에서 열세를 보이는 요인을 만들고 있다.

넷째, 국내 방위산업의 무기개발 체계의 근본적인 문제점을 들 수 있다.

한국 방위산업은 매출액 대비 내수비중이 85% 수준이며, 군 요구 성능 위주로 무기체계를 개발하다보니 구매국의 운영환경 충족에 제한을 받고 있다. 또한 체계개발 위주로 연구개발이 이루어지면서 핵심기술/부품의 개발이 소홀하다.

현재 대한민국의 국방획득환경은 급변하는 한반도 위기국면과 맞물려 여러 가지 변수가 작용하고 있다. 국방획득환경을 위협하는 변수는 다음과 같다.

첫째, 안보위협의 불특정, 불확실성 증가를 들 수 있다. 북한의 비대칭전력(핵, 생화학무기, 미사일, 장사정포) 증강, 초국가적·비군사적(에너지, 식량, 국가재난, 테러 등) 위협 증대 등이 그런 사례이다. 따라서 이러한 다양한 위협에 대비하여 국방과학기술의 확보가 필요하다.

둘째, 선진국의 전략 무기, 최첨단 핵심기술의 대외이전 통제 강화를 들 수 있다. 따라서 우리는 이러한 선진국의 통제강화에 대비해 첨단 핵심기술을 독자적으로 개발할 필요성이 증대하고 있다.

셋째, 선진국의 자국 내 소요감소 극복을 위한 방산업체 지원을 들 수 있다. 우리는 이에 대비하기 위해 선진국의 방산기술 종속화를 탈피해 우리만의 방산경쟁력 강화방안을 강구할 필요가 있다.

그렇다면 세계 방위산업 시장을 선도하고 있는 선진국들의 방위산업 특징은 어떨까?

미국 방위산업의 특징은 동맹국과의 기술교류를 통한 방위산업 기술의 협력발전을 꾀하고 있다는 점이다. 미국은 동맹국과의 동맹 강화와 비용절감을 위해 국제협력 연구개발을 적극 추진하고 있다. 이의 성공적인 사례로 미·일 MD개발, 10개국 협력 JSF(차기 전투기) 개발 등을 들 수 있다. 또한 국내 방위산업 육성은 군수산업의 효율성·경쟁 강화를 위해 방산업체 간 합병을 유도하고 있다.

프랑스 방위산업은 국가 차원에서 방위산업을 주도하고 발전시켜 나간다.

프랑스는 국내의 우수한 기술 및 경쟁력을 갖춘 방산기업 건설에 주력해 국방부와 방산업체 간 국방-기업자문위 설치 등으로 공조체제를 구축하고 있다. 국가(국제개발국)가 적극적으로 방산수출사업을 통제하고 감독한다.

우리의 인접국가인 일본 방위산업의 특징은 첨단 무기개발과 수입에 집중한다는 데 있다.

일본은 '선택과 집중' 전략에 따라 주요무기체계는 해외구매보다 3~4배 고가라도 국내개발을 추진하여 기술축적을 꾀한다. 또한 국외에서 첨단 무기체계를 도입 시에는 면허생산으로 추진한다. 그 성공사례는 F-15, 패트리어트 미사일 등이다.

우리 방위산업이 본보기로 삼을 만한 국가는 바로 이스라엘의 방위산업 육성 모델이다. 한마디로 이스라엘 방위산업의 특징은 방위산업의 육성이 바로 자국의 최첨단산업 육성과 맞물려 동반성장을 꾀한다는 데 있다.

이스라엘은 국방부 소속 대외수출국에서 방산수출을 총괄 지원한다. 이스라엘의 무기개발 방식은 본체는 해외도입을 하되 핵심 탑재장비는 자체 개발을 원칙으로 한다. 이러한 방식으로 정찰위성, 전투기, 탄도미사일/대탄도탄 레이다 등을 자체개발해 실전배치했다.

이스라엘의 방위사업은 자국의 군사 및 방위산업 영역의 기술개발을 민간부분에 맡겨 방위산업기술 개발이 민간기업에서 이루어지도록 하고 있다. 현재 이스라엘은 방어, 테러방지 대책 그리고 국토 안보 회사들이 국내 총생산의 5%를 차지하고 있다. 이스라엘의 방위산업기업으로 육성돼 세계적인 기업으로 발돋움한 회사는 체크포인트와 프로드 사이언시스를 들 수 있다. 체크포인트

(Checkpoint)는 미국 나스닥 상장회사이자 포춘 100대 기업에 든 세계적인 기업이다. 프로드 사이언시스는 인원 55명의 이스라엘 벤처 회사로 인터넷상의 신분도용과 사기를 방지하기 위한 높은 수준의 소프트웨어 기술을 보유한 회사이다. 2000여명의 연구인 력을 가진 페이팔보다 높은 수준의 기술력을 갖고 있어, 페이팔이 1억 6,900만 달러에 인수해 더욱 유명해진 회사이다.

두 회사 모두 이스라엘 8200 엘리트 정보부대 동문들이 설립한 회사이다. 바르카트(체크포인트 설립자)는 "무고한 생명을 보호하 기 위해 테러리스트를 찾아내려고 개발한 기술이기 때문에 도둑을 찾는 일 정도는 식은 죽 먹기입니다"라고 말하며 방산기술개발의 중요성을 강조했다.

우리 고등학생은 몇몇 우수한 대학을 가기 위해서 어떻게 공부 할 것인가를 고민할 때, 이스라엘 학생들은 이스라엘 방위군(Israel Defence Force) 엘리트 유닛에 들어가기 위한 준비를 한다.

이스라엘에서는 회사 면접을 볼 때 지원자가 어떤 유닛에서 복무 했는지가 고용주에게 지원자가 어떠한 선발 과정을 거쳤으며 어떠 한 능력과 실전 경험 등을 갖고 있는지 증명하는 중요한 스펙이다.

길 케르브스(이스라엘 벤처사업가)는 "이스라엘에서는 한 사람 의 군사적 경력이 학문적인 경력보다 더 중요하다. 모든 취업 인터 뷰에서 지원자들에게 하는 질문이 바로 어느 부대에서 군 복무를 했느냐는 것이다”라며 군복무 경험의 중요성을 강조한다.

　이스라엘의 엘리트 특공부대와 공군은 까다로운 선발 절차, 높은 훈련 난이도, 제대군인의 우수한 능력으로 유명하다. 일례로 탈피오드는 IDF의 모든 부대 가운데 가장 들어가기 어렵고 훈련기간이 가장 길다. 최소한 9년을 복무해야 한다. 그럼에도 불구하고 매년 이스라엘 고등학교의 상위 2% 학생들이 탈피오드 프로그램에 지원한다. 지원자 10명 중 1명 정도가 물리와 수학이 주를 이루는 종합 테스트 과정을 통과한다. 테스트를 통과한 200여명은 이틀 동안 성격 및 능력 검사를 받는다.

　탈피오트 프로그램은 미국의 방위고등연구계획국(DARPA)과 동급 기관인 마파트(MAFAT)라는 IDFD의 국방과학연구소에 속해 있다. 마파트에서 탈피온들이 6년간 복무할 구체적인 IDFD의 유닛을 결정한다.

　탈피오트는 지난 30년 동안 겨우 650명 정도가 졸업했다. 졸업생들은 대부분 이스라엘 최고의 대학과 국가의 가장 성공적인 기업의 창업자들이 됐다. 탈피온 출신자가 창업한 대표적인 기업으로는 나이스 시스템(포보스 100대기업 중 85곳이 사용하는 통화감시장치 제공)과 컴푸젠(인간 게놈 해독 및 제약 개발 회사, 이스라엘 바이오 벤처산업을 선두 주자)이 있다. 이밖에도 나스닥에서 거래되는 수많은 이스라엘 기업들은 보통 탈피온 출신들이 직접 회사를 만들거나 요직을 차지하고 있다.

지금까지 이스라엘 군대(특히 공군, 보병대, 정보기관, 그리고 정보기술 분야의 엘리트 유닛들)가 수천 개의 이스라엘 하이테크 벤처의 인큐베이터 역할을 해 온 것은 절대 우연이 아니다. 이는 이스라엘 사람들이 정예의 군대와 국가의 방위산업으로부터 확보한 마법과 같은 과학 기술과 더해져 아주 적절히 균형을 이룬 결과다. 우리의 방위산업이 타산지석으로 삼아야 할 중요한 성공요인이 아닐 수 없다.

우리 방위산업은 앞서 살펴본 것처럼 근본적인 개선을 필요로 하는 몇 가지 문제점이 있지만 그렇다고 해서 세계와 견주어 경쟁력이 떨어질 정도로 허약한 수준은 아니다. 우리 방위산업의 잠재력에 대해서 영국 방산전문가는 높은 점수를 주고 있다. 그가 우리 방위산업을 높게 평가하는 몇 가지 이유는 다음과 같다.

우선 한국은 미국, 러시아를 제외하고 유일하게 1,500대 이상의 3세대 전차를 보유하고 있으며, 림팩 훈련에서 항모를 격침시킨 유일한 잠수함 함대를 보유하고 있다. 또한 한국은 미국 다음으로 강력한 해병대를 보유하고 있으며, 100대 이상의 첨단 전투기를 보유한 세계 5대 공군력을 지닌 국가이다. 이밖에도 동북아에서 가장 강력한 헬기 전력을 보유하고 있으며, 세계 최고의 자주포 기술과 1개 최신예 함대를 10년 내에 건조할 수 있는 능력, 대함 미사일 제작기술을 가진 8개국 중 하나라는 점 등이 우리의 방위산업의 미래성장가능성을 높게 평가하는 이유였다.

이제 우리는 21세기 세계화 시대를 선도해나갈 방위산업의 신경제성장 동력화를 위한 방산 수출 확대 방안을 논의해야 할 시점에 와 있다. 우리나라 방위산업이 대한민국의 핵심 신성장동력으로 성장해 국내외 산업발전을 이끌어나가기 위해서는 선택과 집중을 통한 수출형 무기체계 개발이 절실하다. 이를 위해서 우리 방위산업이 해결해야 할 과제는 다음과 같다.

첫째, 소요결정 단계부터 수출을 고려한 유연한 무기체계 개발을 해야 한다.

둘째, 선행연구 및 사업추진기본전략 고려요소에 수출 분야를 포함시켜야 한다. 이를 통해 선진 첨단기술 활용, 개발비 절감, 공동 수출마케팅 추진을 위해 국제공동개발 및 기술협력사업을 확대할 필요가 있다. 또한 핵심기술/부품의 연구개발도 확대 추진해야 한다.

셋째, 국가 R&D와 국방 R&D의 협력을 통해 첨단산업기술을 더욱 발전시키고 육성해야 한다.

넷째, 국방연구개발 분야에 민간 기업 참여를 확대해야 한다. 이는 곧 업체주관 연구개발을 확대하고 국과연은 핵심기술개발에 집중해야 한다. 이를 통해 절충교역 제도개선 및 절충교역 이행사업을 확대하여 수출절충교역을 구매국과의 방산협력 확대 계기로 활용해야 한다. 또한 국가 차원에서 방산수출을 전담 지원하는 조직을 신설해야 한다.

미국은 대부분의 예산이 국방 R&D에서 나와서 대학과 연구소를 지원하는 형태로 돼 있다. 그러나 우리나라는 그렇지 못하다. 전체 R&D 예산 13조 중 우리가 2조원을 쓰고 있다. 전체의 15%다. 우리로서도 나머지 85%의 재원을 쓰지 못하는 셈이고, 다른 기관에서도 15% 부분을 활용하지 못하는 셈이다. 국가 과학기술체계와 국방과학기술이 서로 기여하지 못하고 있는 셈이다.

우리는 40여 년 동안 방위산업은 외국의 무기나 군수품을 수입하는 것으로 여겨왔지만 21세기에는 수입 대체를 위한 국산화 중심의 방위산업이 점점 중요한 요소로 자리 잡고 있다. 이제는 수출을 통한 방위산업도 우리 산업의 핵심 성장 분야로 자리를 잡았다. 수출을 해야 가격과 성능 면에서 더 월등해진다. 이런 모든 것들이 과학기술의 R&D와 연계돼야 한다. 이제 방위산업은 새로운 패러다임으로 새롭게 시작해야 한다. 한국의 R&D 발전은 방위산업 발전을 통해 상호 성장해야 한다. 방위산업 연구개발을 통한 최첨단 R&D 산업의 육성이야말로 미래의 신성장동력을 키우는 가장 중요한 국가개발전략이 아닐 수 없다. 21세기 대한민국 과학기술의 미래가 방위산업의 발전에 달려있는 이유이다.

＇물 새는 전투화＇

2010년 국정감사를 전후해 군용물품과 군수품을 점검하는 과정
에서 적지 않은 문제점이 노출되었다. 이처럼 군용물품에 적색 경
고등이 켜진 원인은 여러 가지가 있겠지만 근본적으로는 지난 6년
간 유지돼온 방위사업청의 총체적인 문제들이 불거져 나온 결과가
아닐까 조심스럽게 짐작해 본다.

필자는 지난 2010년 국정감사를 앞두고 군용식수 문제를 지적하
였다. 군용식수 검사 현황을 보면 2007년 2,231곳 중 132곳, 2008
년 2,034곳 중 246곳, 2009년 1,976곳 중 213곳이, 2010년 1,798
곳 중 138곳이 허용기준치를 넘어 식수 부적합 판정을 받았다. 일
부에서는 일반세균이 허용기준치의 130배를 넘었고, 알루미늄도

허용기준치의 27배를 넘었으며, 특히 파킨슨병을 유발하는 망간이 허용 기준치의 10배를 넘어 군식수에 대한 문제의 심각성을 지적했다. 국정감사에서는 군장병들의 급식문제도 지적했다. 2006년 29건에서 2007년 19건으로 줄었다가 2008년엔 132건으로 전년 대비 6배 이상 급증하였으며, 2009년엔 46건으로 감소추세를 보이다가 2010년에는 다시 60건으로 전년 대비 30% 이상 증가하였다.

또한 2010년 국정감사에서는 신형전투화 중 접착식 전투화의 문제점을 지적하였다. 접착식 전투화는 접착력에 문제가 있어 생산 자체가 중단되고 있는 것으로 나타났으며, 봉합식 전투화의 경우는 2009년 10월~2010년 5월까지 납품한 436,750족 중 4,035족이 올 7월과 8월 사이에 물이 새는 하자가 발생한 것으로 나타났다.

또한 화생방휴대용 제독기는 호스의 압력이 떨어지거나 노즐 불량으로 제대로 제독용액이 뿜어져 나오지 않았으며, 이로 인해 호승기계가 전량 납품한 휴대용 제독기는 전량 회수 조치된 것으로 확인되었다.

국감에서는 또한 대포병탐지레이더 아서가 2년간 78건 고장을 일으켜 유사시 전력공백이 우려됐다. 그밖에도 군 위성통신장비의 성능 저하, K-9자주포와 K-10탄약운반차의 부품 교체 시기 지적, 국방품질보증체계 및 기술변경 관련 규정을 전면적으로 재정

비할 것을 요구했다. 그런데 여기서 먼저 전제해야 할 것은 모든 무기체계는 여러 하부 시스템과 엄청난 수량의 부속으로 이뤄지기 때문에 항상 크고 작은 고장이 생길 수밖에 없다는 것이다. 하지만 이런 단점을 어떻게 관리하여 요구되는 성능을 내게 하고, 재발을 방지하는 시스템을 갖추도록 하는가가 국정감사를 하는 주요 이유 이다. 이번 감사에서 필자가 제기한 또 다른 문제점은 생산된 군수 품들이 대부분 시험평가 단계에서 하자를 걸러내지 못하고 양산으로 들어갔다는 것이다.

이처럼 근본적인 문제가 불거진 이유는 현재의 시험평가 시스템이 너무 취약해서 비롯되는 현상이다. 지금 양산된 무기들은 충분한 시험평가를 수행할 인력과 시험장이 부족한 가운데 생산된 제품들이다. 이렇게 무기생산관리가 허술할 수밖에 없는 건 기품원의 시험평가 인력이 부족해 수백만 가지 품목으로 이뤄진 복잡한 무기체계의 성능 검증에 한계를 드러내고 있다. 이러한 문제들을 근본적으로 해결하기 위해서는 현재의 방위사업청의 업무와 운영체계를 대폭 개선해야 한다. 전체적으로 한국군의 무기개발 능력을 높이려면 시험평가 능력을 더욱 높여야 한다. 또한 현재의 연구기관과 업체 주무관청이 얽혀 있는 무기개발 체계로 인해 책임소재가 불명확한 점도 하자 문제에 원인이 되고 있다. 따라서 현재의 복잡한 무기체계가 업체주도의 개발로 가게 되면 책임소재가 명확해지기 때문에 하자문제는 많이 줄어들 것으로 예상된다.

앞서의 총체적인 부실을 낳은 근본적인 원인은 방위사업청의 옥상옥(屋上屋) 업무에서 비롯된다. 방위사업청은 노무현 정부의 과도한 '군 청렴성 강조'가 빚은 웃지 못 할 해프닝에서 시작되었다.

2005년 6월, 민노당의 이영순 의원이 제출한 '방위사업청 설립에 관한 법률안'은 국회의장의 직권상정으로 의원들의 논의과정 없이 곧바로 통과되었다. 국방전문가들의 의견이 전혀 반영되지 않은 법률안이었다. 2006년 2월 방위사업청이 생기기 전까지 군수용품이나 무기조달체계는 모두 국방부 관할이었다. 그런데 노무현 정권은 '국방부에서 방위사업청을 따로 떼어놓으면 비리가 대폭 줄어들 것'이라는 짧은 생각으로 방위사업청을 국방부에서 따로 떼놓는 법안을 만들게 된다. 당시 노무현 정권이 이 법안을 직권상정시켜서 통과시킨 배경에는 '군수보급체제가 온통 부패덩어리니까 부패를 일소해야 된다'는 부패일소의 사명감이 깔려 있었다. 그렇게 청렴성만 강조하다 보니 군수체계 전체를 관장하는 방사청 설립을 국방위 논의조차 안 하고 번갯불에 콩 볶듯이 통과시켰던 것이다. 그런데 필자가 볼 때 이 법안은 빈대잡기 위해서 초가삼간을 몽땅 태운 참으로 어리석은 법안임에 틀림없다. 한마디로 청렴도는 더 강화됐을지는 몰라도 옥상옥의 대표적인 케이스가 되고 말았다. 군수보급문제나 무기조달문제가 63만 군 전체가 저지른 부패는 아니지 않는가. 보통 군수물품 관련 비리는 군수품 관련 에이

전트의 한두 명의 업자들이 문제를 일으킨다. 그런데 여기에 현역 장성 몇 명이 개입되면 군 전체가 썩었다고 매도하게 된다. 이처럼 군수품 관련 부패는 몇 몇 민간업자와 장성이 결탁돼 벌이는 몇 년에 한두 번 있을까말까 한 드문 사건임에도 불구하고 '군의 청렴' 운운하며 방사청을 만들었다는 건 자라보고 놀란 가슴 솥뚜껑보다 놀라는 격이라고밖에 말할 수가 없다.

방사청의 가장 큰 기능은 군이 쓰는 무기를 가장 성능이 좋은 것으로 적시에 조달해주는 것이다. 그런데 지금은 제대로 된 성능을 가진 무기도, 비무기도, 식자재도 제때에 공급하지 못하고 있다. 방위사업청이 제 역할을 못하는 이유는 무엇일까?

방사청이 설립되면서 기존에 독립돼 있던 국방기술품질원이 방사청 밑으로 들어가게 됐다. 국방기술품질원은 국방에 관련된 모든 품질을 조사하던 연구소였다. 김치, 콩나물, 간장, 멸치, 콩, 조림, 건빵 등 비군수품에서 155mm 곡사포 부품, 비행기 부품에 이르기까지 모든 군수품과 군장비의 품질을 점검하고 군대에 조달해줬다. 국방부의 독립된 조직으로 품질검사를 맡던 국방기술품질원이 방사청 밑으로 들어감으로써 방사청은 무기를 개발하고 조달하면서 개발부서 옆에 품질검사원까지 비치해 놓게 된 셈이다. 방사청 내에서는 이런 배치가 효율적인 배치라고 자찬을 하고 있지만, 이건 한마디로 생산자가 소비자의 수준을 결정해버리는 경쟁력 없는 생산운영 시스템과 같다. 한마디로 내가 만든 물건을 내가 검사하는 격이다. 모든 물건을 생산자가 검사를 하게 되는 것이다. 소비자인 군장병들에게 품질에 관한 의견이나 개선점 등을 듣는 것이 아니라 자기들이 생산해 놓고 부속 부서에서 품질검사를 하니 양질의 군수품이 나올 리 만무하다. 물건을 만들어 온 사람한테 이 품질을 체크하는 규격표를 만들어 오라는 것이다. 자기가 알아서 자기 물건 평가하라니까 물새는 전투화가 나올 수밖에 없는 것이다.

방사청이 생기기 전에는 조달청에서 물건을 만들어오거나 방산업체가 군수품을 만들어오면 국방기술품질원이 생산품을 테스트하고 군 현장에서 직접 쓰는 사람에게 착용도 시켜보면서 검사를 했다. 물새는 전투화는 왜 문제였나? 예전 같으면 당연히 병사들에게 착용시켜 봤을 것이다. 그런데 언제 테스트했나? 10월에서 다음해 5월에 걸쳐 착용을 시켰다. 그러니 당연히 6월 장마철이 되니 바로 접착부위에서 물이 새는 것이다.

국방기술품질원이 방사청으로 들어가면서 기존의 연구원 인력과 장비를 다 가지고 간 것이 아니라 전문인력을 대폭 축소하고, 예산도 대폭 축소하고 장비설비도 다 없애서 방사청 안으로 들어갔다. 기존에 하던 일들은 다 해야 하는데 인력과 예산은 턱없이 부족하게 되었다. 그러다보니 다른 방법을 모색하는 수밖에 없는 것이다. 자신들이 하거나 또 다른 하청을 주는 것. 그런데 하청을 생산자에게 주게 된다. 왜? 인력도 없고 장비도 없고 예산도 없기 때문이다. 그래서 생산업체에서 직접 생산품 검사를 하도록 하는 어처구니없는 일들이 발생했다.

우리 군은 국방획득체계를 통해 매년 육·해·공군이 요구하는 다양한 무기체계 획득 프로그램을 수립, 집행해왔다. 그러나 그것의 운영과정에서 몇 가지 비효율적인 문제가 발생하고 있다.

첫째, 중기계획 및 예산편성을 둘러싸고 국방부와 방위사업청 간 업무혼선 및 갈등이 발생하였다. 또 방위사업청과 각 군 간 기능배분이 제대로 이루어지지 못해 비정상적인 조직/절차를 운영하게 됨으로써 효율적인 획득사업관리가 되지 않고 있다.

둘째, 소요-획득-운용유지의 분리로 인해 경제적 획득관리 및 전력발휘가 제한되고 있고, 이로 인해 획득과 운영유지 간 책임소재가 불명확해 방위사업청과 각 군 간의 갈등이 지속적으로 발생하고 있다.

셋째, 방위사업청 주관 개발 및 운용시험평가로 인해 소요군의 의지가 제대로 반영되지 못하고 있다.

넷째, 방위사업청의 폐쇄형 인사관리로 인해 야전과의 의사소통에 문제가 발생되고 있다.

따라서 필자는 방위사업청의 오래된 문제점을 해결하기 위해서 다음과 같은 개선안을 내놓고 현재 군 관계자와 협의 중에 있다.

첫째, 국방부와 방위사업청 간 중기계획 및 예산편성에 관한 기능을 재정립할 것을 요구했다.

둘째, 소요-획득-운영유지를 통해 경제적 획득관리 및 전력발휘를 도모할 수 있도록 제도를 개선해야 한다고 제안했다. 이를 위해서는 과학화된 소요창출 및 소요검증체계 구축이 반드시 이루어져야 한다. 지금까지 모든 업무를 총괄했던 방사청의 방만한 운영체계는 필요한 부서에서 전문적으로 운영해야 한다. 따라서 소요제기는 합참이 하고 예산은 국방부가 가져가고, 정책도 국방부가 가져가야 한다. 또한 방사청이 아닌 획득차관부에서 무기나 비무기 조달업무를 해야 한다. 또한 방사청 산하에 있는 국방과학연구소(ADD)는 독립시켜서 과학기술과 국방기술을 전문적으로 연구하는 연구개발기구로 발전토록 해야 한다.

셋째, 개발시험 및 운용시험평가 시 소요군의 의견이 적극 반영될 수 있도록 제도를 개선해야 한다.

넷째 소요-획득분야 인력순환이 필요하고, 전문성 강화를 위한 인력관리법 및 교육체계 구축이 이루어져야 한다.

나는 앞서의 개선안이 현장에서 제대로 실현되기 위해서는 지금처럼 방위사업청이 외청으로 남아 있으면 곤란하다고 본다. 따라서 국방부 제2차관제를 신설해서 제2차관제에서 획득차관을 하자고 다시 한번 주장한다. 이 얘기는 이미 오래전부터 기회 있을 때마다 필자가 주장하던 내용이다. 이것이 여의치 않다면 정책실에

카운터 파트너로 획득본부장을 만들어서 국방부 산하에서 국방정책의 소프트웨어에 관련된 일을 담당하게 하는 것도 한 방법이라고 본다.

국방과학연구소(ADD)는 국방부로 이관시키고, 품질을 검증하는 기품원도 국방부 소속으로 되면 다 제자리로 돌아가 국방 무기체계나 군수품, 군 보급품 지급 체계가 정상적으로 원활하게 운영될 수 있다고 생각한다.

지금까지 국방부가 무기체계와 군수품에 대해 상당한 예산을 집행하며 군장비의 현대화를 추진했다면 이제부터는 군장병들의 복지에도 적극적인 관심을 가져야 한다고 생각한다. 특히 지난 2010년의 국정감사에서 장병들의 가장 기본적인 의식주 부분에 불량이 많이 나오는 것을 보고 군전력의 가장 기초가 되는 장병들의 복지가 이래서는 되겠는가 하는 생각을 지울 수가 없었다. 따라서 지금까지 국방부가 무기체계에 대한 국방예산을 상당 부분 사용했다면 이제는 장병들의 복지문제에 대해 총체적으로 점검해야 할 때이다. 수백억 수천억 원의 예산을 들여 무기구입 등에 예산을 투자하면서 정작 장병들의 기본적인 복지문제는 소외되어 온 측면이 없지 않다. 부모가 자식들을 군대에 보내놓고 두 다리 뻗고 편안히 잠잘 수 있는 병영생활이 될 때만이 우리 군의 진정한 자주국방이 되는 것이며 국가 안보에도 기초가 세워지는 것이라고 생각한다.

해병대 이야기 1.
국가전략기동군

포탄이 비 오듯 쏟아지던 연평도 포격 현장에서 철모에 불이 붙은 줄도 모르고 적을 향해 전차포를 발사하던 한 해병대 병사의 모습이 아직도 생생하게 기억에 남는다. 연평도가 적의 포탄으로 불바다가 되었던 그 순간에도 해병용사들은 적들을 향해 의연하게 대처해 아직 우리 군이 살아있음을 온 국민에게 보여주었다.

연평도 포격 사건 이후 해병대는 젊은이들에게 가장 각광받는 경쟁률 높은 군대가 되었다. 역시 우리 젊은이들의 기백과 애국심이 그 어느 나라의 젊은이보다 뛰어나다는 점에서 한국은 미래에 희망을 가져도 좋을 것 같다.

나는 2000년부터 해병대, 특히 서해 5도에 주둔하는 해병대의 중요성에 대해 계속해서 주장해 왔다.

해병대가 한국군에게 어떤 존재인가? 한국전쟁에서는 '귀신 잡는 해병'이라는 애칭으로 국민들의 사랑을 받으며 1951년 2월엔 동·서해안 전략도서 확보작전을 수행해 서해5도를 우리 영토로 만들었고, 맥아더 장군의 인천상륙작전의 선봉에 서서 서울수복을 이루어낸 전통의 군대가 아닌가? 이런 해병대가 1973년 국내정치적 상황과 군 운영비용 절감이라는 명분하에 해군으로 통폐합되었다. 이후 해군으로 통합 운영되어온 해병대가 제대로 전력을 관리하지 못하게 되자 국방부는 해병대 고유임무인 상륙작전에 대한 지휘구조 개선을 위해 해병대 부대를 통합 지휘하는 해병대사령부를 재창설하였다. 그러나 완전히 독립된 사령부가 아닌 상륙작전 지휘임무 수행만을 위한 사령부로 역할이 한정되면서 법적 책임과 권한이 모호한 반쪽자리 군대로 남았다.

필자는 한반도의 안보상황, 급변하고 있는 전장의 형태, 위협의 불확실성 등을 고려할 때 육·해·공·해병대 4군 체제로 군을 재편해야 한다고 주장한다. 또한 군 체제 개편과 함께 해병대의 역할과 임무도 재정립해야 한다. 구체적으로는 현재 포항에 주둔중인 1사단은 상륙작전에 특화된 전략기동부대로 발전시켜야 한다. 1사단은 유일하게 상륙작전 능력을 갖추고 있는 부대인 만큼, 평시에는 전쟁억제력을 발휘하고 전시에는 상륙작전에 기여할 수 있는 능력을 보강해 나가야 한다. 2사단은 신속대응부대로 발전시켜 나

가야 한다. 김포반도의 경계임무에서 벗어나, 평시작전에 활용할
수 있는 신속대응부대로 운용할 필요가 있다. 이는 북한군의 전략
이 전면적 위협에서 소규모 국지도발을 통해 큰 효과를 노리는 방
향으로 바뀐 상황–예를 들어 소규모 특작부대의 공격, 사회기반시
설 파괴, 북한군 전방부대의 산악지대를 통한 기습공격–에 대응
해야 하기 때문이다. 또한 서북 전략도서 방어를 담당하고 있는 6
여단과 연평부대의 전력을 획기적으로 증강시켜야 한다. 해병대의
고유임무 중 하나가 전략도서 방어이다. 하지만 지금의 병력과 장
비로는 잠수정, 해안포 등으로 무장한 북한군의 위협에 효과적으
로 대응할 수 없다. K–9 자주포, 대포병레이더, 북한의 해안포 기
지를 무력화할 수 있는 전력보강이 절실하다.

지난 17대 때부터 필자가 계속해서 주장해 왔던 해병대의 독립
은 필자의 주장대로 4군 체제까지는 안 됐지만 해병대가 최소한
육·해·공군과 대등한 수준에 이를 수 있는 법안은 통과가 됐다.
또한 서북전략도서방어를 위한 군사령부도 창설이 됐다. 그리고
연평도 사건이 터지고 난 후에 예산도 2900억 정도 증강돼서 전력
보강도 어느 정도 이루어졌다. 이는 2010년의 천안함 폭침과 연평
도 포격사건으로 서해5도의 전략적 중요성이 부각되면서 해병대의
역할이 더욱 중요해졌음을 군 관계자들이나 정부에서 확실히 인식
했기 때문인 것으로 보인다.

앞으로는 서북도서 방위사령부가 작전 배속되는 해·공군을 어

떻게 통제하여 유사시 원활하게 작전을 수행해 나갈지에 대해 각 군간의 합의와 법적인 뒷받침이 필요하다. 현재는 복잡하게 각 군의 지휘통제 시스템을 거쳐 해병대가 배속군을 지휘하게 되어 있다. 서북도서 방위사령부에는 현재 음향레이더인 Halo, 아서 대포병 레이더 등의 감시장비와 K-9, 공격헬기 등이 보강 배치되었고, 여기에 전술비행선과 스파이크 NLOS 미사일, LOGIR 유도로켓 등이 추가 배치될 계획이다.

이에 더하여 이들 감시장비와 화력을 유기적으로 연결하여 실시간으로 대응할 수 있는 지휘통제 시스템이 확보되어야 한다. 현재 배치된 장비와 통제 시스템의 체계통합도 필요하다. 여기에 북한이 전진 배치한 고속 공기부양정의 기습공격에 대비하여 대형공격헬기(AHX) 도입사업도 신속하게 진행되어야 할 것이다.

현재 우리에게 가장 취약한 옆구리가 바로 서북5도이다. 따라서 북한은 앞으로도 기회만 있으면 서해5도를 끊임없이 기습공격할 것이다. 동해는 물이 맑아서 잠수함이 들어와도 소나(sonar)가 다 탐지할 수 있다. 뻘도 아니고, 부유물도 없고 밀물썰물도 없기 때문에 소나를 달면 해저를 통한 북한 잠수정의 침투는 거의 다 탐지가 된다. 하지만 서해는 소나도 특수소나를 달아야 한다. 탐지하기도 훨씬 어렵다. 왜냐하면 서해는 물살이 세고 부유물도 많고, 해안에 뻘이 조성돼 있어 탐지하기가 동해보다 어렵기 때문이다. 따라서 물살과 부유물에도 탐지가 가능한 기능 좋고 섬세한 장비를 첨가한 소나를 써야 한다. 동해에서 쓰던 소나를 가지고는 서해에서는 소용이 없다.

북한은 서해5도를 4군단장인 김격식이 무려 14년간을 관할해 왔다. 우리 2군사령관이 매년 바뀌는 것과는 대조적으로 한 사람이 계속 4군단을 지휘하고 있다. 김격식은 2010년 2월까지 북한의 총참모장(합참의장에 해당), 다시 말해 통합군사령관을 하던 인물이다. 그러다가 총참모장에서 물러나 4군단장으로 다시 돌아온 이 지역 최고 전문가이다. 김격식은 개성공단 설립 때 그 지역 청사진까지 만든 인물로 이 지역 지리에 누구보다 밝은 사람이다. 개성공단 뒤에는 해주가 있다. 해주는 북한 전체에서 최고 강한 기갑부대가 배치돼 있다. 김격식은 그 지역 골목의 돌 하나, 바닷속 조개 하나까지 속속들이 아는 지역통이라고 보면 된다. 따라서 우리가 서해5도의 북한군을 이기려면 그들보다 몇 배 강한 전력과 기강과 훈련이 필요하다. 그런데 6천여 명밖에 안 되는 해병대를 가지고 서해5도를 다 관할하게 했으니 북한군으로서는 얼마나 공격하기 용이한 지역이었겠는가.

63만 병력 중에서 6천명으로 서해의 전략 요충지를 지키라고 했으니 위험천만한 대비책이 아닐 수 없다. 따라서 이런 부분에 대해서는 근본적인 보강이 이루어져야 할 것이다.

해병대는 전시에 군사임무를 제대로 수행할 수 있는 몇 안 되는 최정예 군 중 하나다.

현재 진행 중인 해병대의 독립성 강화와 서북도서 방위사령부 창설은 필자가 수차례 요구해 왔던 내용에 비해 미흡한 수준이다. 해병대는 완전히 독립되어 국가전략기동군으로서 그 역할을 수행할 수 있도록 육성해야 하고, 서북도서 방위사령부도 3군을 유기적으로 통합하여 합동전을 수행할 수 있는 능력을 갖추도록 해야 한다. 서해5도 사령부를 미래형 합동전을 수행할 시스템과 작계를 실제 시험해 보는 시범케이스로 활용해야 한다고 생각한다.

북한은 지속되는 경제난으로 장비 유지 보수가 힘들어지자 특작부대 중심의 대남 공격전략으로 변화하고 있는 것으로 판단된다. 여기에는 수송수단의 저지가 가장 중요하다. AN-2 항공기, 헬기, 공기부양정, 고속 상륙정 반잠수정, 잠수정 잠수함 등 은밀하게 침투하는 장비들을 감시 추적 제압할 수 있는 대응 능력 확보에 더 많은 노력이 필요하다.

또한 북한은 전선의 경보병 사단을 대폭 증강하면서 땅굴 또는 산악 침투를 통한 기습 공격을 감행하려는 계획도 세워두고 있다. 따라서 북한군의 땅굴 침투에 대비해 땅굴에 대한 기존의 대응작전을 좀 더 업데이트 할 필요가 있다. 이외에 사이버전이나 전자전 또는 EMP공격 등에 대한 대응 능력을 점검하는 것도 필요하다.

해병대는 대한민국을 수호하는 최정예부대이자 대북침투능력을 갖춘 국군의 우수한 전투부대이다. 이제 북한군의 서해5도 침공뿐 아니라 다양한 방식의 침투에 대비해 우리 군의 전략적 핵심으로 활약하게 될 해병대에 거는 전 국민의 기대가 대단하다. 필자가 오래전부터 주장해 온 해병대의 완전독립을 통해 해병대만이 수행할 수 있는 특수작전과 대북한침투 방어 전략에 전력을 다하도록 해 한반도의 평화와 번영을 위한 최정예 부대로서 그 전통과 명성을 면면히 이어나가기를 진심으로 기대해 본다.

해병 이야기 2.
기수 열외

영화 〈어퓨굿맨〉에서 해병대 선임병들이 부대생활에 적응하지 못하고 전출을 요구하는 후임병에게 '코드레드'라는 강도 높은 얼차려를 주다 목숨을 잃게 만드는 장면이 나온다. 일명 '매클루어 사건'을 다룬 이 영화에서 여성 군법무관은 해병대의 전통 운운하는 가해병사에게 "당신이 가한 나무방망이 린치야말로 가장 명예로워야 할 해병대 정신을 훼손하는 가장 야만적이고 비열한 깡패 행위"라며 "명예와 전통은 명예로운 방법으로 전수해야 보존할 가치가 있는 것"이라고 말한다.

미 해병대는 '매클루어 사건' 이후 가혹행위 근절을 선언했다. 처음에는 "해병대 정신을 말살하려 한다"며 저항도 만만치 않았지만 해병대 책임자는 "후진적인 악습을 철폐해야 지상 최고 군대로서 명예와 긍지를 유지할 수 있다"며 반대의 목소리를 일축했고, 지휘관의 기대대로 미 해병대는 수평적 전우애로 세계 최강의 해병대로 거듭나게 되었다.

인천 강화도 해병대 2사단 김모 상병의 총기 난사 사건이 기수열외, 왕따 등 해병대의 고질적인 악습 때문에 발생한 사실이 밝혀지면서 파문이 커지고 있다.

나는 군대에서 종종 일어나는 비인격적인 모독에 따른 안전사고를 접할 때마다 '아무리 군대라도 인격을 존중해서 대해줘야 하는 것 아니냐?'는 사람들의 주장에 좀 다른 의견을 갖고 있다. 물론 군대에서도 장교든 사병이든 간에 기본적인 인격은 존중해 줘야 한다. 그렇지만 사회문화에서 요구하는 것처럼 군대에 수평적인 인간관계를 기대하기엔 좀 무리가 따른다고 본다. 군문화와 사회문화는 엄연히 다르다. 사회는 수평적인 조직이고 개개인의 이익을 위해서 협력, 공존하는 문화이지만, 군은 수직적인 조직으로 동일한 목표를 위해서 개인이 없이 명령과 지휘체계에 따라가야 한다. 그래서 사회구성원들은 자기 생존을 위해서 수평적이고 자발적으로 협력하는데 비해서, 군대 조직원은 자발적이지 않고 수동적으로 지휘체계에 의해서 움직인다. 군대에 모이는 구성원은 전혀 다른 문화적 배경, 종교적 배경, 가족적 배경, 지역적 배경, 학력 배경을 가지고 병역의무의 이행을 위해서 수동적으로 모인 조직이다. 따라서 사회문화와 군문화는 다를 수밖에 없다.

그럼에도 불구하고 해병대는 적극적이고 자발적이고 경쟁적으로 본인들이 군대를 선택했다는 측면에서 다른 군대와는 입대동기가 다르다. 그렇기 때문에 이런 자발적 입대는 다른 병과에 비해서 긍지와 애국심이 훨씬 강하다. 그러나 이런 자존심과 애국심으로 뭉친 집단을 더 정예화시치고 더 훈련시키기 위해서는 그 어느 부서보다도 혹독한 훈련과 기강수립이 필요하다. 해병대는 그동안 해병대의 자존심을 세우기 위해서 너무 집착하거나 지난 40년간 육해공군의 병들과 나란히 하지 못하고 차별대우를 받아왔다는 소외감을 넘어서기 위해서 지나치게 훈련을 시켰다. 그 과정에서 구타, 언어폭행이 동반되었다고 본다. 이런 분위기는 최근에 터진 천안함이나 연평도 사태 이후에 긴장 상태를 유지하다보니 해병대의 기강이 더 세진 측면도 있다고 본다. 그러나 이러한 혹독한 훈련이나 기강확립은 잘못된 게 아니다. 분명히 기강확립은 중요한 군의 자질이지만 그보다 더 중요한 것은 부대원들이 공동목표에 대한 인식을 확실히 가져야 된다는 점이다. 이를 위해서 부대원 상호간에 소통을 통한 일체감이 형성되어야 한다.

군 조사 결과 이번 총기 사고의 가장 큰 원인은 기수열외로 밝혀졌다. 해병대는 기수별로 군기가 상당히 엄격하기로 유명한데 내무반의 최고 선임병이 특정병사에게 기수열외를 내리면 기수열외

된 병사에게 후임병이 반말을 하는 등 선임병 대접을 안 해 주는 것이다. 소위 말하는 왕따다. 그런데 이 기수열외는 사실 해병대의 전통도 아니고 몇몇 사병들이 만들어낸 잘못된 관습이다. 이 이상한 전통(?)은 2001년 4월 입대자부터 생겨난 것이다. 기수열외 된 병사는 정상적인 군 생활을 할 수 없을 정도로 엄청난 스트레스를 받는다. 해병대는 우수한 전투력과 뜨거운 전우애를 자랑하는 조직이다. 그런데 소수의 편파적인 관습 때문에 해병대 전체가 문제 집단으로 국민들에게 인식된다는 것 자체가 해병대로서는 억울한 면이 없지 않을 것이다. 따라서 차제에 해병대 자체의 군 문화에 대한 근본적인 개선이 이루어져야 할 것이다. 해병대는 전우애가 강한 만큼 전우애를 공유할 수 있는 범위에 못 들어오는 사람들에 대해서는 철저하게 왕따를 시키는 어두운 부분이 있다. 내가 볼 때는 해병대는 전체를 하나로 보는, 그러니까 자기들끼리의 치열한 경쟁 때문에 이런 일들이 종종 일어나는 게 아닐까 판단한다. 사실 해병대 전체를 하나의 경쟁체제로 봐야지 같은 병끼리의 경쟁 체제는 지나친 면이 있다고 본다. 따라서 이번 사태를 계기로 해병대 전체 내에서 지나친 구타 문화라든가 인격적 모독을 불러일으킬 정도의 언어 폭행, 기수열외 등의 잘못된 관습은 철저히 근절돼야 할 것이다. 그럼에도 불구하고 강한 해병대로 나가기 위한 훈련강도는 유지돼야 한다고 본다. 부조리한 병영문화에 대해서는 이런 문화를 없애는 것으로 원천적인 조치를 해야 한다.

　마지막으로 내가 몇 년 전부터 제안했던 '군심리상담사 증강' 법안이 하루빨리 통과돼야 한다고 본다. 나는 이번 해병대 사태를 계기로 국회가 군심리상담사를 늘려야 한다는 필자의 주장에 관심을 가져줄 때가 됐다고 본다. 이번의 해병대 문제는 단순히 일개 군의 문제로만 볼 것이 아니라 내 가족의 문제고 우리 국민의 문제이다. 또한 군의 일체감이 없어지는 문제는 곧 사회의 기강이 해이해지거나 일체감이 사라지는 것이기 때문에 사회의 문제이고 국가의 문제이기도 하다. 따라서 정부와 국회가 동시에 군심리상담사라든가 전문 상담사, 군복지사 등을 대폭 늘려서 군대에 상주케 해 병사들의 심리상담과 고충을 해결해주는데 적극적으로 나서 주기를 바란다.

아덴만 여명작전,
낮잠 자는 '송영선법'

'아덴만 여명작전'은 한편의 잘 만들어진 첩보영화였다. 전광석화와 같이 전개된 청해부대의 삼호주얼리호 구출 작전. 21일 새벽, 어둠이 채 가시지 않은 오전 4시 58분에 작전명 '여명작전'이 개시되었다. 주얼리호는 바다안개만큼이나 피아(彼我)를 구별할 수 없는 혼란한 상황이었다. 해적 13명과 선원 21명이 뒤엉켜 있는 갑판과 선원실에서 섣불리 작전을 펼치다가는 해적과 선원 할 것 없이 상당한 인명피해를 입을 수 있는 숨 가쁜 상황이었다. 군은 6단계로 작전계획을 수립하는 등 치밀한 준비를 했다.

해적들을 혼란시키기 위해 최영함(4500t급)의 5인치 함포가 먼저 불을 뿜었다. 엄청난 함포 소리에 해적들은 잠에서 깰 여유도 없이 우왕좌왕하기 시작했고, 이 틈을 타 링스헬기가 출동했다. 링스헬기는 적들의 시선을 분산시키기 위해 K-6 기관총 수백 발을 선교 등으로 발사했다. 헬기의 엄호사격을 신호로 우리의 해군특수전 부대인 UDT(수중파괴대, Underwater Demolition Team) 작전팀이 주얼리호에 재빨리 승선했다. 작전팀의 승선을 확인한 헬기 저격수가 선교에 있던 해적 1명을 조준 사살하자 해적 5~6명이 혼비백산하며 선실로 도망쳤다. 링스헬기는 우리 선원들만 알아들도록 우리말로 "지금 진입 작전이 시작됐다. 선원들은 전부 바닥에 엎드려"라고 수차례 경고방송을 했다. 저격용 소총 등으로 무장한 2개 작전팀 20여명이 선교를 장악하고 이어 선교 하단으로 진입해 격실과 기관실 등 57개 격실을 차례로 장악해 나갔다. 장악된 격실에는 빨간색 스프레이로 '×' 표시를 했다.

AK소총과 기관총, 휴대용로켓 등으로 무장한 해적들은 UDT 대원들과 약간의 교전을 벌이는 듯 했으나 이내 사살되거나 생포됐다. 작전 개시 3시간 만에 사살 8명, 생포 5명으로 상황은 완전 종료되었다.

사실 소말리아 해적 사태는 21세기의 웃지 못 할 전근대적인 사건이다. 14, 15세기에 있었던 해적단들이 600년이나 지난 21세기에 다시 창궐한다는 게 정말 어처구니가 없고 후진적인 사건이 아닐 수 없다. 그런데 현대판 해적단의 분탕질이 왜 아프리카 해역에서 일어나고 있는지 그 원인을 한번쯤 짚고 넘어갈 필요가 있다.

필자는 2010년 11월 케냐 대통령의 초청을 받아 새마을운동 프로
젝트를 전달하고 교육시키기 위해 케냐를 방문한 적이 있다. 그런
데 케냐의 수도 나이로비의 번화가에서도 가장 화려한 집들은 해
적들 집이었다. 현대판 해적은 어느새 아프리카 사람들의 부자로
가는 지름길이 되어 있었다. 해적단의 본부는 영국 런던에 있다.
해적단에서 적극적으로 활동하는 사람들은 바로 소말리아의 옛 장
성들이었다. 그들은 정보망을 만들어서 해적들을 직접 지휘하며
그 대가로 거액을 챙기고, 해적질을 하는 사람들은 잔돈푼을 챙기
는 구조였다. 실제로 해적센터의 본부에 앉아있는 썩고 부패한 옛
장성들은 가만히 앉아서 정보를 제공한 대가로 돈을 뜯어내선 나
이로비의 호화주택가에 좋은 집을 사서 호의호식하고 있었다. 아
프리카에서 해적이 창궐하는 이유는 간단하다. 마약밀매보다 훨
씬 단순하고 돈이 되기 때문이다. 마약밀매는 단계가 복잡하고 판
매가 용이하지 못하다. 공항 공항마다 선박 선박마다 일일이 검열
을 피해서 몰래 마약을 팔아야 하지만 해적질은 간단하고 확실한
돈벌이이다. 해적은 보통 2, 3명이 탈 수 있는 조그마한 배로 쏜살
같이 목표한 선박에 달려들어 선원 몇 명만 제압하고 볼모로 잡으
면 상황 끝이다. 그리고는 볼모로 잡은 인질을 풀어주는 조건으로
수억, 수백억 원씩 요구하면서 몸값을 받을 때까지 기다리면 된다.
아주 심플하고 고부가가치 장사가 아닐 수 없다. 더더구나 우리나
라가 해적 역사상 2000년 이래 가장 몸값을 많이 낸 나라였다. 그

래서 해적 입장에서 보면 한국은 봉이다라는 인식이 강하게 남아 있는 '가장 돈이 되는 나라'이다.

나는 이 문제는 국가적인 수치라고 생각해 외교통상통일위원회에서 해적문제에 대한 대책을 강도 높게 주문하곤 했다. 기회 있을 때마다 "해적테러에 대한 예산을 대폭 증강하라"고 요구했지만 돌아오는 답은 매번 '예산 부족'이었다. 그도 그럴 것이 외교통상부 일년 예산이 1조도 안 되는 워낙 적은 부서다 보니 해적 대처에 대한 예산을 높게 책정할 수가 없는 형편인 것이다. 그래도 이건 주권국가로서 해적 대처를 하지 말자는 금액이나 마찬가지였다. 해적대처에 대한 예산은 일년에 2억이었다.

정부도 이런 문제를 잘 파악해 외교통상부에 현실적인 지원을 해야 되지만 내가 볼 때는 외교통상부도 이 예산을 타내기 위해서 별로 적극적이지 않다는 느낌을 많이 받았다. 그래서 나는 추가파병 대책으로 "해적을 이겨낼 수 있는 해병대나 특수부대를 해적이 출몰하는 지역으로 직접 보내라"는 의견을 내놓곤 했다. 그럴 때마다 민주당에서는 "그건 전쟁을 일으키는 행위다, 못 간다"는 말만 되풀이해 억지 춘향격으로 "그렇다면 대테러대응법을 총괄하는 부서를 국정원법으로 제정해 국방부가 아닌 국정원에 두자"고 계속해서 제안하고 있다. 2008년부터 '대테러본부를 국정원 안에 두자'는 이른바 '송영선법'이 국회에 올라갔지만 법사위에 계류도 못 되고 국가정보위에서 몇 년째 계류 중인 상태다. 민주당의 박영선 의원이 "대테러단을 만드는데 왜 국정원이 개인 사생활 정보를 끄집어내서 쓰느냐?"며 강경하게 반대를 해서 국회 본회의에는 상정도 못하고 있는 상황이다. 일본처럼 헌법에 의해서 자위권을 제한하는 나라도 대테러법은 1999년에 제정했다. 그런데 우리는 일본보다도 12년이 지났는데도 아직까지 대테러법 하나 만들지 못하고 있는 실정이다. 그러다보니 울며겨자먹기로 답답하지만 군이 동원돼 해적으로부터 민간인을 보호하는 웃지 못 할 지경에 이르고 있는 것이다.

청해부대는 아시아와 유럽, 중동, 아프리카를 연결하는 중요 해상 교통로인 홍해와 아덴만 및 인도양 인접 지역에서 소말리아 해적들로부터 한국 및 외국의 상선을 보호하는 임무를 성공적으로 수행해오고 있다. 청해부대는 지금까지 총 101회, 2097척을 호송해 왔고 한국선박 근접 호성 227척, 외국선박 호송 동행 406척, 1,464척을 안전항해 지원임무를 수행하는 등 아덴만 지역에서 혁혁한 공을 세워 대한민국 해군의 위상을 높이는데 큰 역할을 하고 있다.

한편 2000년 이후 소말리아 해역에서 피랍된 선박들은 마부노호, 골든노리호, 브라이트루비호, 알렉산더카, 쉠스턴비너스, 오로라 9호, 삼호드림호, 금미호, 삼호주얼리호 등 10여 척이 넘는다. 선박이 해적에게 납치되면 대개 몸값을 지불하고 짧게는 한달에서

길게는 4~5개월 넘게 체류돼 있다가 석방되곤 한다.

이번에 청해부대에 의한 삼호주얼리호 선원 구출작전은 세 가지 측면에서 의미를 지닌다고 볼 수 있다.

첫째는 몸값을 지불하지 않고 우리의 소중한 국민을 보호할 수 있었다는 점이다. 지금까지는 돈을 안 준다고 피랍되고 장기 억류되고 몸값 지불하고 석방하는 악순환의 고리가 계속 되풀이돼 왔는데 이번 사건을 계기로 이런 악순환의 고리를 차단했다는 게 삼호주얼리호 선원구출의 의미라고 볼 수 있다.

둘째는 더 이상 한국이 해적들의 만만한 납치대상국가가 아니라는 점을 인지시켰다는 점이다. 그전까지 한국은 해적들에게 납치하기 용이한 아주 피랍하기 쉬운 나라로 인식되어 있었다. 또한 한번 납치하고 나면 몸값을 제일 많이 받을 수 있는 나라라는 오명까지 뒤집어쓰고 있었다. 하지만 이번 구출작전으로 말미암아 해적들이 한국을 쉽게 해상 납치할 수 있는 만만한 나라가 아니라고 인식하게 됐다는 것이 무엇보다도 이번 작전의 성과가 아닐 수 없다.

셋째는 유사시에 작전을 통한 국민생명 구출 능력을 키웠다는 점이다. 이번 삼호주얼리호 선원구출작전을 통해 해군은 향후에 유사한 상황에 대한 작전력이나 대응력 그리고 국민생명 보호능력을 키웠다는 점에서 청해부대의 작전능력을 높이 사고 싶다.

나는 평소에 소말리아 해역에서의 해적행위에 대해서는 국가가 단호하게 대응해야 한다고 주장해 왔다. 어차피 일단 해적이 나타나면 목숨 담보는 불가피하다. 해적이 마음씨 좋은 산타클로스도 아니고 로맨티스트도 아니기 때문에 해적과의 대치는 우리 선원이 죽느냐 사느냐의 급박한 생사의 문제이다. 따라서 신속한 작전으로 선원의 피랍을 막는 것이 급선무이다. 그렇지 않으면 그 다음은 석방금 지불뿐만 아니라 선원의 생명이나 선주회사의 심각한 피해가 돌아올 수 있는 것이다.

해적 퇴치는 무조건 강경대응이고 무력진압이 원칙이다. 전 세계 해적활동의 90% 이상이 소말리아 해역에서 일어난다. 그런데 프랑스는 소말리아 해적들이 화물선 납치를 꺼리는 나라이다. 왜냐하면 지난 2008년 4월에 유람선을 납치했다가 프랑스가 바로 대응해서 해적 3명을 사살했고, 같은 해 9월에는 요트선을 납치했다가 해적 1명이 사살되고 6명이 체포되었다. 그 다음해에도 해적 2명이 사살되고 3명이 체포됐다. 이렇게 강경작전을 편 덕택에 해적들 사이에는 프랑스는 납치해도 남는 게 별로 없는 나라, 오히려 우리가 인명피해가 더 많은 나라라는 식으로 프랑스를 무서워하게 되었다. 따라서 우리도 지금 해적들이 보복성 발언을 하고 공포 분위기를 조성한다고 해서 의기소침할 필요 없이 확실하게 사전차단 작전을 할 수 있다는 것을 분명히 보여줘야 할 것이다.

숙명여대
ROTC

　나는 지난 2007년에 '여성에게도 군대를 지원할 수 있도록 하자'는 취지의 병역법 개정을 추진했다. 필자가 병역법 개정에 나서게 된 동기는 한 여성의 현역입대신청이 위헌결정을 받는 것을 보고 문제의 심각성을 느껴서였다. 지난 2006년도에 18세가 된 한 여성이 헌법재판소에 현역입대신청에 관한 헌법 소원을 냈는데 위헌결정을 받았다. 이 사건을 보고 필자는 여성들도 개인희망에 따라 의무는 아니라도 현역병으로 군에 지원할 수 있도록 병역법을 개정해야겠다고 생각해 법안 제출을 했다.

　이 법안에 대해 국방부나 여성단체 등에서 많은 반발이 있었다. 그러나 현실적으로 여대생 중에 여성학군단에 들어오려고 하는 지원자들이 상상을 초월할 정도로 많았다. 숙명여대가 우리나라에서 제일 먼저 여성학군단 모범학교로 지정됐는데, 60명 모집에 360명이 지원해 경쟁률이 해병대 지원율보다 높았다. 해병대 지원경쟁률이 가장 높을 때가 3.9대 1 정도인데 이것보다 훨씬 더 높았다. 결국 여성학군단 창립에 대해 반대하는 사람들보다는 환영하는 분위기가 훨씬 더 높다는 것을 충분히 증명한 계기가 되었다. 여성학군단 창설을 종용하는 네티즌의 글들이 4만 명을 넘었는데도 국방부는 예산이 없다, 시설을 만들어야 한다, 여성에게 어떻게 심한 교육을 시키느냐, 생리적으로 다르다는 등 온간 이유를 다 붙이면서 반대 입장을 보이다가 결국 여성학군단 설립에 관해 내가 발의한 법률안을 받아들였다. 몇 년에 걸친 노력의 결과였다.

우리나라는 1999년 육군, 해군, 공군의 각 군 사관학교가 여성의 입교를 허용하여 이제 10여년이 지났다. 하지만 유독 학습과 군사훈련을 겸할 수 있는 학군단교(ROTC, Reserve Officers' Training Corps)만은 여성의 모집을 허용하고 있지 않았다. 현행 ROTC 사관후보생과정은 1961년 미국의 ROTC제도를 모델로 한 것이다. 미국은 1973년부터 여성 후보생을 모집하고 있는데 우리나라는 아직 ROTC의 여성 모집을 허용하지 않고 있는 것은 납득할 수 없는 정책이다.

문제는 병역법 제3조제1항에 대민민국의 국민인 남자에게만 병역의 의무를 규정하고 여자의 경우 지원에 의해 현역으로만 군 복무를 제한하고 있는데 있다. 즉, ROTC 후보생은 제1국민역으로 제한되어 있어 여대생의 지원이 불가능하다는 것이다.

이는 헌법이 명시하고 있는 권리와 의무에 있어서 남녀 성차별 금지(헌법 제11조제1항)와 모든 국민은 국방의 의무를 진다는 규정 (헌법 제39조제1항)을 위배하는 것이다.

이에 필자가 제안한 병역법 개정안(여대생도 학생군사교육단 [ROTC]에 지원할 수 있도록 하는 내용)은 헌법의 취지와 현실을 고려해 차별적 요인을 제거하려고 했다. 뿐만 아니라 현역 간부(장 교 및 부사관)에 한정된 여성의 국방의 의무를 현역병 및 보충역, 예비역으로 확대함으로써 국가의 구성원으로서의 권리와 의무를 다 할 수 있도록 하려는 것이다.

여대생들이 ROTC에 지원할 경우 얻어지는 효과는 여군 장교의 모집과정이 확대되어 여성들의 직업선택폭이 한층 더 넓어진다는 것이다. 뿐만 아니라 군내 양성평등의 원칙을 실현할 수 있는 기회 가 될 것이다. 그리고 현재의 출산율 저하를 고려해 보면, 징병대 상자가 2020년에는 지금보다 10만 명 줄어든 23만 2500명, 2050 년엔 지금의 절반인 16만 4300명의 수준이 될 것으로 보고된 바 있다(조선일보, 2005. 9. 10). 인구감소에 의한 군 병력의 수급문 제라는 현실적 문제의 극복을 여성 사병으로 대치하는 것이 대안 이 될 수 있다.

무엇보다 여대생들의 ROTC 지원은 진정한 의미의 양성평등과 군 및 사회의 발전을 위해서 필요한 부분이다.

현재 우리 사회에서 아쉽게도 양성평등의 주장이 배타적으로 받아들여지고 있는 유일한 분야가 군의 영역이다. 특히 국방에 관한 한 모든 문제는 남성들만의 전유물이었기 때문이다. 군은 1999년부터 여군 인력확대를 위한 계획을 발표한 바 있다. 그러나 만족할 만한 수준에 도달하지 못하고 있다.

국방부의 여성인력운영계획을 보면, 1999년 2,085명(장교 및 부사관)이었던 여군인력이 2004년에는 3,689명, 2020년에는 7,038명 수준으로 증원될 것이며, 간부정원 대비 1.4%에서 5,0%로 확대될 것으로 발표한 바 있다. 그 중 육군이 5,030명으로 전체의 70%를 차지하게 된다(국방부, 국방백서, 2004). 그러나 이 정도의 수준의 계획안은 현실을 제대로 반영하지 못한 것일 뿐만 아니라 우리나라가 처해 있는 국제정치적 환경이나 사회적 조건에도 뒤쳐져 있다.

우리 사회는 군이 국방과 학습을 겸하고 전력 활용과 인재 양성의 두 가지 기능을 행하여 줄 것을 요구한다. 그러므로 군은 군 복무가 국방의 의무임과 동시에 개인의 발전과 인적 능력을 키우는 창구로서 긍정적인 역할을 할 수 있도록 해야 한다. 따라서 학군단 ROTC 여성후보제가 그 의미에 닿아 있다.

실제로 2003년에 실시한 여성가족부의 한 설문에 따르면(2003

년 11. 13일자 스포츠서울 보도) 학생들이 흥미롭게 생각하는 직업군의 1위가 여군으로 나타났다. 190명을 뽑은 2007년 1월 시험에 전국에서 1120명이 응시하여 평균 6대1의 경쟁률을 보일 정도였다.

이에 앞서 필자는 지난 2005년 9월 21일에 '병역법일부개정법률안'을 국회에 제출했다. 이 개정안에서 나는 헌법 제3조에 제1항을 다음과 같이 개정했다.

"①대한민국 국민은 헌법과 이 법이 정하는 바에 따라 병역의 의무를 성실히 수행해야 한다. 여자는 현역에 한해 복무할 수 있다. → [지원에 의해 현역, 보충역 및 예비역에 복무할 수 있다.]로 개정"

나는 국방연구원 연구원 시절부터 여성들의 안보분야 참여 확대 문제에 대해 고민하고 연구해 왔다. 그리고 국회의원이 된 후 이를 보다 현실적이고 제도적으로 실현하기 위해 그간 법률적인 방안을 모색함과 동시에 국정감사와 상임위를 통해 국방부에 지속적으로 현실화 방안을 요구해 왔다.

그런데 여기서 가장 큰 장애물은 오히려 소수의 여성단체, 소수의 NGO, 다수의 남성들이다. 한 가지 어처구니없는 상황은 여성은 그런 힘든 일을 해서는 안 된다고 생각하는 소수의 여성단체 여성들의 시각이다. 또한 여성이 장교가 되면 남성 몫의 장교의 자리를 빼앗는다고 생각하는 남성 장교들의 구태의연한 사고방식도 문제다. 그밖에도 여자가 무슨 군대에 가냐고 생각하는 다수의 남성들, 다수의 여성들도 여성의 군 입대를 가로막는 장애물이 되고 있다.

여성의 군 입대를 반대하는 직접적 의견들을 보면 '20대 초반의 여성공동화', '성적, 육체적 능력 차이', '저출산 우려', '군 전투력 약화', '사회적 성역할 인식' 등 다양하게 나타나고 있다. 하지만 이런 의견들은 여러 가지 오해에서 비롯된 말도 안 되는 얘기들이다. 다른 것들은 그렇다 치고 '성적 육체적 능력의 차이' 운운하는 것은 군에서 이러한 것을 전제로 한 임무 부여와 역할 수행을 맡기면 될 것이고, 군 전투력 약화를 이유로 드는 것은 재래식 전장개념만을 염두에 둔 구태의연한 사고에 불과하다. 그밖에 '사회적 성역할 인식' 문제는 이미 군보다 사회에서 더 획기적으로 개선되고 있다. 오히려 군만이 여전히 남성중심의 체제를 고수하고 있다. 군이 사회를 따라가지 못해서는 결코 발전할 수가 없다.

여기에 한 술 더 떠서 국방부에서 '여성 군 입대'에 대해서 갖고 있는 한심하기 짝이 없는 현실인식도 문제이다. 국방부 인사담당자가 하는 얘기는 '여성을 받아들일 시설이 없다', '돈이 너무 많이 든다' '여성은 군인으로서 신체적 생리적 조건이 안 맞다'는 등등의 이유로 끝없는 핑계꺼리를 늘어놓는다. 물론 말도 안 되는 이야기이다.

신체적 조건, 생리적 조건이 안 맞는데 어떻게 부사관이 되고 장교가 되는가? 돈이 더 든다? 맞는 이야기이다. 현실적으로 여성들이 현역병으로 전폭적으로 지원할 가능성은 낮다. 그렇지만 기회 균등과 가능성 차원에서는 반드시 필요한 법적 장치이며, 이러한 경우 지원자를 받아들일 수 있는 군내 환경이 바뀌어야 한다. 향후 여성들의 군내 진입 규모가 커지고 한꺼번에 많은 소요의 재원이 필요하게 되기 전에 미리 여성들도 복무할 수 있는 여건마련을 준비해야 한다.

국방은 여성의 의무인 동시에 권리가 되어야 한다. 또한 남녀평등 차원에서도 여성의 군 입대는 어느 방향으로든 다양하게 열려 있어야 한다. 여성 ROTC가 되었든, 여성 하사관이든, 여성 군인이든지 간에 신성한 국방의 의무를 남녀가 평등하게 하자는 데 이의를 달 이유는 그 어디에도 없는 것이다.

상부지휘구조개편만이
국방개혁인가

8월 말 정기국회를 앞두고 육군 장성을 포함해 3명의 실무자들이 국회 사무실을 찾아왔다. 육군의 어려운 사정을 설명하는 자리였다. K-2전차 2013년 초도전력화, 간부 정원구조 개선, 중대급 마일즈 장비 보급 등 3500억 원 정도 예산이 소요되는 사업에 대한 협조 요청이었다. 30분 정도 진행된 설명을 듣고 가슴이 답답해지고 무슨 말을 해야 할지 망설여졌다. 실무자들의 얼굴을 보았다. 긴장한 기색이 역력했다.

"장군님, 이거 다 하면 육군이 좋아집니까?"

다소 엉뚱한 질문에 실무진들은 순간적으로 당황해했다.

"아니요. 이 사업을 내년에 하면 육군이 지금보다 좋아지냐고

요?”

“……”

“아니죠? 지금 우리 군이 하는 것을 보면 근본적인 대책은 전혀 없고 그때 그때 땜질식 임시방편만 찾고 있어요. 냄비가 오래되면 새 것으로 바꾸어야 하는데, 이건 구멍 난 곳 찾아서 땜질이나 하고 있는 겁니다. 최근에는 땜질할 납도 없어서 냄비에 씹던 껌을 붙여놓는 꼴입니다.”

강한 대구 억양에 톤까지 높여서 말을 하니, 어리둥절한 표정에 모두가 내 얼굴을 주시하고 말이 없다.

“현재 마일즈 장비 부족으로 대대급은 8년에 한번, 연대급은 3년에 한번 정도 전투훈련을 하고 있는데, 장비구입비 100억 원 투입하면 전투 훈련 몇 번 합니까?”

“군대는 인력을 훈련시켜 병력으로 만들어서 전투력을 유지하는 곳인데, 우리 군대는 인력으로 들어왔다가 인력으로 나가고 있어요.”

“자꾸만 예산타령만 하는데, 국방비는 점점 줄어 들 수밖에 없어요. 사회가 민주화되고 발전할수록 교육, 의료 등 복지예산 증가는 필연입니다. 그러면 당연히 가변성이 높은 국방예산의 감소는 불가피한 일이고요. 그럼에도 불구하고 국방부는 예산이 부족해서 아무 것도 못한다고 핑계만 되고 있어요. 한심한 노릇입니다.”

“현재 군에서 제안된 국방개혁은 상부지휘구조개편에만 치중돼 있습니다. 물론 이 문제도 중요하지만 현실적으로 획득체계개선, 병영문화 개선, 방산납품비리척결 방안, 군 복지개선 방안 등이 국방개혁에서 중요하게 다루어져야 할 사안들이 너무 많아요. 제가 17대 때부터 계속해서 주장하던 것 중 하나가 일반사병을 줄이고 부사관 등 직업군인 중심으로 군이 정예화되야 한다는 겁니다. 이에 대한 대비가 정말 필요한 시점입니다.”

그동안 국방개혁에 대한 논의는 끊임없이 이루어졌다. 가장 최근의 국방개혁안은 참여정부 시절 군구조의 단순화, 기동화, 첨단정보화를 추진해오던 국방개혁 2020(Military Reform Plan 2020)이다.

참여 정부는 2006년 12월에 ‘국방개혁 2020’을 입법화했다. 2020년까지 현역 67.4만 명을 50만으로, 예비군 304만을 150만으로 감군하기로 했다. 여기서 감군대상은 대부분 지상군(육군, 해병대) 병력이다. 참여 정부는 북한의 무력도발(2006년 7월 탄도탄 7발 발사, 2006년 10월 핵실험)에도 불구하고 감군을 추진했다. 국방력 약화에 많은 우려가 발생하는 것은 불을 보듯 뻔한 일이다.

하지만 이명박 정부 때 현실에 맞는 개혁안을 위해 국방개혁 2020에 대한 수정을 거듭해왔다. 그러다 2009년 5월 북한이 핵실험을 단행하고, 4월~6월에 탄도탄을 대량발사(22발)하고, 2010년에 천안함 피격 사건을 계기로 전면적 보완작업을 거쳐 2011년 3월 8일, 일명 국방개혁 307계획이라는 국방개혁안을 발표하게 되었다.

국방개혁 307은 국방선진화추진위원회와 국가안보총괄점검기구에서 근 일 년의 논의를 거쳐, 2011년 3월 7일 국방부가 73개의 개혁과제를 대통령에게 보고하고 이튿날 언론에 발표한 것이다. 국방개혁안의 명칭은 대통령 보고 날짜를 딴 '307계획'으로 정해졌다.

개혁안은 단기(2011년~2012년)과제 37개, 중기(2013년~2015년)과제 20개, 장기(2016년~2030년)과제 16개다. 개혁안의 세부 내용에는 상부지휘구조 및 국방교육체계 개선, 서북도서방위사령부 창설, 장성 숫자 감축, 국방개혁에 관한 법률에 명시된 합참과 합동부대에 근무하는 육·해·공군 요원 구성비 준수 등의 내용이 담겨 있다.

307개혁의 핵심이라 할 상부구조 개편 계획에 대해 군 안팎에서 의견이 분분하다. 한국군은 1990년 합참 창설 이래 21년간 합동군 군사제도를 유지해왔다. 군정 권한은 국방장관에게, 그리고 작전에 해당하는 군령 권한은 합참의장과 각 군 총장에게 부여해 왔다. 이는 합참의장 1인에게 권한이 집중되면 헌법이 표방하고 있는 문민 통제가 위축될 수 있기 때문에 대한민국 군사제도에서 지금껏 이를 금기시해왔다.

307계획안은 현재의 합동참모본부에 합동군사령부의 기능을 추가하고 사령관을 겸하는 합참의장이 각 군 참모총장을 지휘하면서 인사권까지 행사하도록 군 수뇌부 구조를 바꾸는 것이다. 즉, 현행 상부지휘구조는 1991년 '818계획'에 따라 개편된 이후 군정과 군령의 이원화 체제로 유지되고 있다. 하지만 개편안은 합참의장에게 제한된 군정기능을 부여하는 것과 동시에 각 군 총장을 작전지휘할 수 있는 권한을 주는 것이다. 현재는 합참의장에게 군정권이 부여되어 있지 않고 각 군 총장과의 작전지원 협의권만 있다.

앞으로 합참의장은 각 군 총장을 작전지휘하는 데 필요한 인사, 군수, 교육 기능 등 제한적인 군정기능을 행사할 수 있게 된 것이다. 이 가운데 작전 관련 장교와 장성들의 인사권을 갖게 된 것이 특징이다.

그런데 청와대와 국방부에서는 '국방개혁 307'을 2011년 6월까지 기본계획을 마련해 국회통과를 장담하고 나섰다. 필자는 현실에 맞는 국방개혁안은 반겼지만 6월 확정은 물리적으로 어려움이 있을 것이라는 의견을 냈다. '국방개혁 307' 안은 몇 가지 보완해야 할 사항들이 있기 때문이다.

우선 합참의장이 가지는 인사권과 각 군 총장이 행사하는 고유의 인사권한이 충돌할 가능성이 있다. 그리고 전시작전통제권이 한국군으로 전환되어도 공중 작전권은 미 7공군사령관(중장)이 행사하도록 되어 있어 앞으로 공군참모총장과의 지휘관계가 애매해질 수 있다.

전투를 지휘하는 야전사령관과 군정을 같이 부담하면, 합참의장과 각 군 참모총장의 업무가 지나치게 부담이 될 수 있다. 합참의장에 대한 권한 집중이 해·공군력 약화로 이어질 수도 있는 만큼 문제점들을 꼼꼼히 살펴야 한다. 한미연합사령부 체제가 지속되지 않더라도 우리가 독립적인 전투능력을 가지려면, 야전사령관과 군정 담당을 따로 두는 체제를 구축해야 한다는 주장을 필자는 일관되게 펴왔다.

그리고 국방부의 조직개편이 완성되는 2020년에는 장성 숫자를 현 430여명에서 15%(60여명)를 감축하기로 했다. 장성 정원감축 조정 태스크포스(TF)가 6월에 편성될 계획이지만 육군 중심으로 편제될 것이라는 예상이 지배적이었다.

필자 또한 국방개혁안에 대해 우려하는 점은 육군에 편중된 개편이 이루어지지 않을까 하는 염려가 있었기 때문이다. 현행 국방개혁에 관한 법률에 따르면 각 군의 균형발전을 위해 국방부 및 그 직할부대의 육·해·공군 비율은 3:1:1을 유지해야 한다. 그런데 염려가 현실로 나타났다. 2011년 9월 국정감사에 의해 밝혀진 것을 보면 국방부가 제시한 국방개혁안이 실제 국방부 본부 내 장군 직위 13개 중 12개에 육군 장성이 보임돼 있는 것으로 나타났다.

우리 군이 롤모델로 보고 있는 미군과 이스라엘군의 경우 오랜 실전경험을 통해 합동군 체제가 비교적 잘 잡혀 있고 3군 균형발전

차원에서도 각 군 이기주의가 어느 정도 상호간에 양해한다는 부분이 공감대로 형성되어 있다.

특히 미군의 경우엔 해·공군과 해병대가 미국 역사에서 차지하는 비중이 커서 자연스럽게 해·공군 비중이 육군과 거의 대등하게 되어 있고 규모 뿐 아니라 군 내부에서도 영향력은 서로 비슷하게 유지하고 있어서 세계최강의 군대가 된 것이다.

한마디로 육해공군 불균형을 이룬 군대는 강군이라 할 수 없다. 미래 국가 안보의 초석이 될 수 있는 국방개혁은 3군의 균형유지가 선행되는 것에서 시작되어야 할 것이다.

현실에 맞는 국방개혁이라는 큰 틀은 환영하는 바이다. 하지만 개혁을 서두르다 자칫 중요한 것을 놓치는 일이 종종 있다. 한 번 정해진 개혁안은 향후에 잘못된 것을 바로 잡으려면 그 이전보다 더 많은 시간이 걸린다. 따라서 개혁안 통과에 다소 시간이 걸리더라도 불거져 나온 몇몇 문제점들을 충분히 검토하고 보완해서 추진해야 할 것이다.

4

'여의도 정치'는 사망,
이제 판을 바꾸자

서바이벌
무대

나는 최근의 〈나는 가수다〉나 〈슈퍼스타 K〉 등 서바이벌 예능 오디션 프로그램에 관심이 많다. 그중에서도 내가 특별히 관심을 갖고 열심히 보는 프로그램은 역시 〈나는 가수다〉이다. 물론 슈퍼스타 K〉나 〈위대한 탄생〉 같은 프로그램이 철저한 실력주의, 심사위원들의 거침없는 비평, 청중들의 뜨거운 호응 등으로 각본 없는 감동의 무대를 연출한다. 그러나 뭐니뭐니해도 '청중평가단'이라는 세대별 국민 평가단을 통해 가수의 그날 라이브 무대가 청중의 평가에 의해 가감 없이 그대로 결과에 반영되는 나가수만큼 살 떨리고 긴장감 넘치는 무대도 없기 때문에 나는 〈나는 가수다〉를 보고 있으면 가슴 깊은 곳에서 우러나오는 희열감마저 느끼게 된다.

한편, 가창력을 인정받는 이승철이나 신승훈과 같은 가수들은 '가수를 평가한다는 것은 말도 안 된다'며 부정적인 반응을 보이고 있다. 그러나 나는 뛰어난 노래실력을 갖춘 프로페셔널한 가수들을 무대 위에 올려놓고 아마추어 일반 평가단이 점수를 매긴다는 프로그램의 포맷이 정말로 마음에 든다.

대중가수는 작곡가나 음악평론가 같은 전문가에게만 인정받는 게 아니라, 노래를 직접 듣는 아마추어인 일반 대중에게 인정받고 사랑받을 때 진정으로 사랑받는 것이 아니겠는가.

나는 〈나는 가수다〉 프로그램을 보면서 우리 정치 제도, 특히 선거제도에 바라는 국민들의 요구가 투영된 것이 아닌가 생각한다. 그래서 나는 나가수가 단순한 오락프로그램을 넘어서 내가 그 무대의 선 주인공인 것처럼 착각을 하곤 한다.

물론 나가수도 처음에는 여러 가지 문제가 불거져 논란의 중심에 섰던 때도 있었다.

자타칭 국민가수로 불렸던 김건모가 탈락할 위기에 처하자, 김건모 구하기에 나선 일부 출연자들과 방송관계자들의 추태를 보며, 대다수의 시청자들은 분노했다. 시청자의 분노는 김건모라는 국민가수가 서바이벌 프로그램에서 가창력 부족으로 떨어졌다는 사실 자체를 받아들이지 못한 기존 방송계 관계자들의 진부함에 대한 국민의 질타였던 것이다.

당시 청중평가단과 시청자들의 '왜 너는 꼭 순위 안에 있어야 돼?' '왜 너는 항상 왕자야?' 하는 항의 글이 〈나는 가수다〉의 게시판에 넘쳐났다.

이러한 진통을 겪으면서 나가수는 제자리를 찾았고, 공연자와 시청자가 혼연일체가 되어 공감의 무대를 만들면서 아름다운 하모니를 연출하고 있다.

나는 나가수를 보면서 우리 정치권이 국민에게 사랑과 신뢰를 받기 위해서는 변화해야 한다는 사실을 직감하게 되었다. 정치권의 고질적인 지역감정과 특정 몇 몇 사람이 결정하는 당의 공천과정 등 국민이 납득할 수 없는 후진적 정치문화로는 더 이상 국민에게 감동을 주지 못한다는 것이다.

나가수에 출연한 가수들은 무대 위에 올라 혼신을 다해 감동적인 노래를 하면 평가단은 1등에게는 뜨거운 축하의 박수를, 꼴찌에게는 진심어린 격려의 박수를 주고 있다.

그러나 정치권은 국민을 위해 헌신적으로 봉사하고 최선을 다해 일한 정치인들에 대한 평가를 제대로 못하고 있다. 그래서 나가수의 시스템이 정치권에도 도입되어야 한다. 최선을 다해 열정적으로 노래하여 청중평가단에게 감동을 주는 가수를 일등으로 뽑듯이 정치권도 국가와 국민을 위해 최선을 다한 사람, 국민에게 감동을 주고 국민과 아픔을 함께 하는 사람에게 기회를 주어야 하는데, 대한민국 정치는 그렇게 하지 못하고 있다.

그래서 정치인들은 국민과 국가만 바라보지 못한다. 아니 국가와 국민만을 생각하지 않아도 충분히 살아남을 수 있다. 이렇기 때문에 우리 정치인이 대중가수보다 못한 취급을 받고, 비판과 질타의 대상이 되고 있는 것이다.

그래서 나는 우리 정치권도 능력으로 인정받고, 선택받을 수 있는 나가수 무대가 되어야 한다고 본다.

정치인들도 청중평가단의 선택을 겸허하게 기다리는 가수가 되어야 한다. 진정 정치인으로 인정받고 살아남고자 한다면 청중평가단과 하나가 되었던 가수처럼 국민과 몸으로 부딪히는 스킨십을 통해 국민의 애환(哀歡)을 함께해야만 한다.

이제 국민도 나가수의 평가단처럼, 묻지마식의 특정정당에 대한 몰표나 혈연 학연 지연 등 주관적 감정에 얽매인 판단을 배제하고 정치인들의 능력을 냉정하게 평가하고 선택해야 한다.

우리 정치가 이렇게 변화한다면 대한민국의 정치도 국민에게 감동을 주고 대한민국 국회의원도 국민에게 사랑과 존경을 받을 수 있으리라 감히 상상해 본다.

'나는 정치인이다'
무대에 서고 싶다

    지금 우리 사회의 중추를 맡고 있는 40대들은 소위 '모래시계 세대'라 불리며 민주화의 경험을 바탕으로 20대나 5, 60대에 비해서 유난히 정치의식이 높은 세대이다. 이들은 사회에 대한 적극적인 참여의식을 나타내며 현역 국회의원을 비롯한 정치권에 높은 도덕성과 청렴성을 요구한다. 그러면서 건강하고 밝은 사회를 만들기 위해 정치인들이 큰 역할을 해주기를 기대한다. 그런데 이러한 모래시계 세대의 높은 기대에 비해 낮은 도덕성과 자기헌신 자세에 실망해 정치인에 대한 혐오감이 심각한 지경에 이르고 있다.

    사실 요즘 국민들은 정치인들을 '봉사정신도 없는 정치꾼' 정도로 보고 있다. 정치인인 내가 스스로를 폄하하는 것이 아니라 국민들이 정치인을 그렇게 보고 있다는 것이다.

남북 분단에 따라 징병제를 택하고 있는 현실에서 우리나라의 병역문제는 매우 민감한 사안이다. 그런데 우리나라의 정치인을 비롯한 사회지도층 인사들과 그 친인척들의 병역비리는 매년 끊임없이 불거져 나와 국민의 분노를 사고 있다. 이러다 보니, 국민들이 정치인을 폄하하는 것도 충분히 이해가 간다.

사회적 책임을 가장 잘 표현하는 것이 노블리스 오블리주이다. 역사가들은 로마가 2천년이 넘도록 제국을 유지하고 시대를 풍미할 수 있었던 이유로 사회지도급 엘리트들의 봉사정신과 국가위기에서 기꺼이 전쟁터로 향하는 애국심을 들고 있다. 로마의 원로들은 평소에는 2만평이나 되는 대중목욕탕에서 낮잠도 자고 유유자적하게 즐기며 살지만 유사시에는 항상 제일 먼저 칼을 잡고 전장에 나가 침략자들에 맞서 싸웠다는 데 역사가들은 높은 가치를 부여하고 있다. 그만큼 자신의 사회적 경제적 지위에 상응하는 의무에도 충실한 집단이 로마의 엘리트계층이었다는 것이다.

노블리스 오블리주에서 자유롭지 못하다 보니 많은 문제를 야기시키고 있다. 그럼에도 불구하고, 하나 안타까운 것이 있다. 국회의원 한두 명이 잘못하게 되면 그것이 언론에 부각되어 국회의원 전체가 부패한 집단처럼 국민들에게 매도될 때 한편으로는 서운한 마음마저 든다.

　사실 요즘 국회의원들은 과거의 국회의원보다 몇 배 더 노력한다. 입법활동에서도 그렇고, 의정활동에서도 14대나 15대 때와는 비교가 안 될 정도로 놀라운 성과를 보여주고 있다. 법안 제안 건수나 의정활동 등에서 18대 국회의원들은 이전의 국회의원들보다 국회활동이나 지역구 활동이 비교할 수 없을 정도로 많다. 하지만 국민들의 수준이 과거보다 훨씬 높아지고 기대치가 높아지다 보니 이를 맞추기 위해서 정말 살인적인(?) 일정을 소화해야 한다. 그러다 보니 의원들 사이에서는 자신을 3D직종이라고 부를 정도이다. 그럼에도 불구하고 국회의원으로 살아남기 위해서 선거를 위한 약속, 선거를 위한 정책, 표를 얻기 위한 제스처도 열심히 해야 한다. 그러다 보니 표를 의식한 포퓰리즘 공약도 나오는 것이다. 반값 등록금이나 무상급식, 기름값 인하 같은 포퓰리즘에 입각한 선심성 공약들은 국민들이 바라는 것처럼 그렇게 쉽게 해결될 문제가 아니다. 국가의 예산문제도 있고, 국제 유가 문제도 따져봐야 한다. 한마디로 몇 달 만에 뚝딱 해결될 사안이 아니라는 것이다. 하지만 그럼에도 불구하고 국민의 권리가 점점 더 높아지면서 사회가 국회의원에게 요구하는 기대치도 그만큼 높아지고 까다로워지게 됐다. 이러한 사회 상황에서 표를 얻고 살아남기 위해서 국회의원들은 할 수 없이 포퓰리즘으로 가지 않을 수 없게 되는 것이다. 이런 상황 속에서 살아남기 위해서 진흙탕 속에서 고군분투하다보니 심하면 정신분열증 상태까지 도달하곤 하는 게 최근의 국회의원의 아픈 자화상이다.

얼마 전 여의도의 뛰어난 정치전문컨설턴트인 민컨설턴트의 박상민 씨가 낸 책 제목이 〈강한 것이 옳은 것을 이긴다〉였다. 현실적으로는 맞는 제목이 아닐 수 없다. 여기에서 강한 것이란 게 줄 잘 서는 것, 권모술수에 더 많은 시간을 쓰는 정치인이라는 의미로 읽혔다. 책을 읽으면서 현실적으로 공감은 가지만 정말 이대로 가면 안 된다는 느낌을 강하게 받았다. 내가 생각하는 강함은 결국 진실성에서 나오는 강함, 치열하게 노력하는 점, 열 번 쓰러져도 열한 번 일어나는 불굴의 의지다. 국민들은 그렇게 노력한 정치인에게 "정말 강한 사람이다.", "소신 있다", "양심 있다", "애국심 있다", "봉사정신 있다"고 인정하게 된다. 그렇게 국민들이 인정하는 국회의원이 많아질 때 보다 단단한 정치풍토가 형성되는 것이다. 이것은 국회의원 혼자서 노력한다고 될 일이 아니다. 국민들도 국회의원을 질책하고 꾸중만 할 것이 아니라 진정으로 나라 발전을 위해서 이러이러한 것을 해달라고 제안해야 한다. 잘한 것은 격려도 해주면서 함께 좋은 나라를 만들어가도록 서로가 힘을 합쳐야 한다.

30대들이 우리나라 정치인에 대해 못마땅하고 신랄해하는 이유는 무엇일까? 정말 먹고 사는 문제 때문만일까? 그들이 진심으로 원하는 것은 정치인의 진실성, 진심이 담긴 마음을 보여 달라는 것이다. 3,40대들이 정치인을 가장 못마땅하게 생각하는 부분은 자신들의 월급을 높여주지 못해서가 아니라 정직하지 못해서이다. 진정성 있는 최선의 자세를 보여주지 않기 때문이다. 김연아가 피겨스케이팅을 하는 무대에는 페인트모션이나 조작은 있을 수 없다. 오로지 자기만의 각고의 노력으로 무대에 올라 청중과 하나 되는 그날만을 위해 준비하고 또 준비한다. 바로 청년세대가 정치인들에게 보고 싶은 것이 자신을 던져 국민에게 올인하는 치열한 자세일 것이다.

그들이 한나라당에 대해서 표를 안 던질 때는 정책이 싫어서가 아니라 하는 꼴이 마음에 안 들어서이다. 뭔가 우리 가슴을 이해하고 신명의 끈을 던져주려고 애쓰는 사람이 한 명도 없다는 데 실망한 것이다. 최소한 나한테 와서 "야, 우리 바꿀께, 같이 하자" 하고 빈말이라도 해주는 사람이 한명도 없다는 데에 실망한 것이다. 그저 권력자의 입김에 바람 부는 대로 이리 쏠리고 저리 쏠리는 갈대 같은 처세가 마음에 안 들기 때문이다. 마치 국민들의 생각을 다 읽은 것처럼 제스처를 취하는 자세가 보기 싫다는 것이다. 한마디로 정치인들의 이중성과 절대 바뀔 것 같지 않은 권위적인 사고가 너무나 싫다는 것이다.

하지만 나도 그런 3,40대 유권자들에게 하고 싶은 말이 있다. 그건 바로 유권자들도 자신에게 주어진 권리와 의무를 적극적으로 행사하고, 그에 대해 책임을 공유해야 한다. 그것이 성숙된 민주주의가 아니겠는가?

나는 정치인은 국민들로부터 존경받는 사람이 되어야 한다고 생각한다.

지금 국민들이 정치인들에게 바라는 건 바로 김연아 같은 불굴의 의지와 노력하는 자세, 임재범처럼 진솔하게 최선을 다해 자신을 불태우는 자세, 박정희 대통령처럼 국민들의 절박한 바람을 이루어주는 지도자의 자세라고 본다.

국민들은 국회의원들에게 더 이상 싸우지 마라. 진정성 없는 거짓말 좀 그만하라고 주문한다. 3, 40대 국민들은 기존의 정치인들의 쇼맨십에 질려버렸다. 이제는 제발 인간답고 성실하게 묵묵히 국민을 위해서 일하는 모습을 보여 달라고 요구하고 있다.

나는 최근의 나가수 신드롬을 접하면서 '나는 정치인이다'는 무대에 꼭 서보고 싶다는 생각이 들었다. 주변에서는 두 번이나 국회의원을 했는데 뭘 또 꼭 하려고 하냐는 말도 있다. 나 역시도 '그래 뭐 이 정도에서 접지. 할 만큼 했지 않나?' 하고 생각을 했다. 하지만 공연을 마친 임재범이 "칭찬받기 위해서 노래를 했는데 오늘은 노래하는 자체가 행복했다"는 인터뷰를 듣고 생각이 바뀌었다.

이 말을 듣는 순간 저건 내가 하고 싶은 말이라고 생각했다. 내가 정치가로서 정치하는 것이 이렇게 행복할 줄 몰랐다는 이상적인 생각을 하나의 현실로 바꾸는 선봉자가 되고 싶다는 생각을 했다. 그래서 이번에 포기하지 않고 다시 한 번 정치한 것이 행복했다는 생각이 들 정도로 국민들에게 최선을 다하고 싶었다. 그래서 최선을 다한 정치무대를 국민들에게 선보인 뒤 백척간두에 선 심정으로 국민들로부터 엄정한 평가를 받고 싶다. 나가수 출연가수들이 청중평가단의 평가를 순순히 받아들이는 것처럼 나도 정치를 통한 국민과의 하나 됨을 만들고 국민들에게 평가를 맡기고 싶다. 물론 결과는 겸허하게 받아들이겠다는 게 임재범 무대를 보고 느낀 내 솔직한 출마의 변이다.

사람의 마음을 얻는 것이
권력의 시작이다

미국 역사상 가장 위대한 대통령으로 존경받는 에이브라함 링컨은 〈권력의 시작〉이라는 책에서 '사람의 마음을 얻는 것이 권력의 시작이다'라고 말했다. 표를 획득하는 것이 아니라 마음을 얻는 것이 권력의 시작이라고 했다. 링컨의 리더십을 흔히 마음을 얻는 리더십이라고 한다. 링컨이 정치 커리어에서 본격적으로 주목받기 시작한 것은 1857년부터였다. 당시 링컨은 민주당의 상원의원으로 지명을 받고 한 수록연설에서 "분열하는 집은 스스로 지탱할 수 없다"는 유명한 말을 남긴다. 그후 8년 동안 두 차례나 대통령을 하면서 1865년에 죽을 때까지 주변인사를 끌어들여 정치를 한 것을 보면 분열하지 않고 사람의 마음을 얻는데 모든 것을 쏟아 부었음을 알 수 있다.

링컨은 대통령 선거에서 자신과 경쟁하던 정적이든, 자신을 비난했던 상대당 인물이든 가리지 않고 능력만 있다면 중요한 자리에 앉혀 국가에 봉사하도록 했다. 정적이었던 에드윈 스탠슨을 전쟁장관으로, 쉐먼 체인스는 재무장관으로, 윌리엄 슈워드는 국무장관으로, 에드워드 베이츠는 법무장관으로 기용하면서 자신을 철저히 무시하고 경멸했던 정적들을 가장 중요하고 핵심적인 부서에 최측근으로 기용했다. 다시 말해 자신의 마음을 전달해서 상대방도 자기의 마음을 읽고 협력을 하게끔 하는 기가 막힌 용인술을 발휘했다.

링컨은 마음을 얻는 리더십을 통해 '노예제 폐지'를 달성하기 위해 함께 가야할 사람들로 하여금 스스로 최선을 다할 수 있도록 물심양면으로 배려하고 스스로 자신을 따라올 수 있도록 솔직하게 자신의 진심을 그들에게 보여주었다. 이러한 링컨의 리더십은 미국 정치의 전통이 돼 공화당 출신 대통령이 민주당 출신 국무장관을 기용하고, 민주당 출신 대통령이 공화당 출신 재무장관을 발탁해 쓰는 등 국가의 일을 하는 데는 여야를 막론하고 그 자리에 가장 적합하고 능력 있는 인물을 중용해 맡기는 전통을 낳았다. 이러한 전통은 오바마 대통령의 〈담대한 희망〉에도 그대로 나타난다.

오바마는 경선 중에 치열하게 싸운 힐러리 클린턴을 그의 최측근인 국무장관으로 임명한다. 오바마 역시 대통령으로서의 첫 발걸음을 마음을 얻는 것으로 시작했다. 링컨이나 오바마는 그들의 정치 커리어에서 가장 큰 장애물이 되고 걸림돌이 될 수도 있는 인물들을 버팀돌로 바꾸면서 정치를 시작했다. 그리고 그 정신의 기본은 바로 '소통'의 철학이었다.

우리는 대한민국이 G20 국가로서 세계적인 선진국으로 도약하기 위해 가져야 할 시대정신은 바로 '소통의 정치'에 있음을 직시해야 한다. 현재 MB의 리더십에서 가장 큰 걸림돌이 되는 것이 바로 '소통의 부재'이다. 사실 이명박 대통령은 역대 대통령 중에서 가장 일을 열심히 하는 사람이고, 정직한 지도자이다. MB는 게으른 지도자도 아니고, 국민을 속인 대통령도 아니다. 그럼에도 불구하고 소통이 안 되는 가장 큰 원인은 정치적 상대에 대한 포용의 부족이다.

앞서의 링컨이나 오바마에 비해 MB는 대통령으로서의 첫 단추를 잘못 끼웠다. 그리고 지금까지도 MB가 어려움을 겪고 있는 원인이 잘못 꿴 첫 단추에 기인하는 바가 크다.

역사에서 '만약'이라는 가정은 없다지만 MB가 만약 삼고초려를 해서라도 박근혜를 최측근으로 기용했다면 지금의 MB는 어땠을까? MB는 대통령선거를 치르던 2007년 11월 12일에 5000만 국민들이 보는 앞에서 박근혜를 국정의 동반자라고 선언했다. 과거

2002년에 이회창 후보가 박근혜에게 "합치자"고 했을 때 박근혜가 "정도가 아닙니다"고 10자 이내의 촌철살인으로 거절을 했고, 이 장면을 똑똑히 기억하며 박근혜의 존재감에 위압감을 느낀 이명박 대통령이 국민 앞에서 이렇게 선언적인 약속을 한 것이다. 하지만 그 뒤의 행보를 보면 전혀 국정의 동반자로서 대접을 하지 않았다. MB는 그 후로 박근혜 전대표에게 국정의 동반자로서의 역할도 주지 않고, 마음도 주지 않았다. 특히 국정의 동반자라고 호칭되어진 사람의 마음을 전혀 사지를 못했다. 결국 이 부분에서 첫 단추가 잘못 끼워졌기 때문에 아무리 많은 노력을 해도 한계가 있었다. 그래서 사람들은 MB의 문제점으로 소통의 부재를 들고 나오게 된 것이다.

MB는 이 대목에서 링컨 대통령의 소통의 정치를 반면교사로 삼을 필요가 있다. 링컨은 처음부터 잘 나가던 정치인이 아니었다. 그는 하원의원에 당선되고 나서 내리 두 번이나 낙선의 고배를 마셨다. 하원의원을 할 때도 별 볼일 없는, 존재감이 별로 없는 의원으로 국회에서 두각을 나타내지도 못했다. 그러다가 상원의원에 지명 받으면서 비로소 정계에서 주목받는 의원으로 두각을 보여 결국 대통령에 두 번이나 당선돼 미국 역사상 가장 존경받는 대통령으로 빛을 발하게 된다. 어찌 보면 정치인 링컨의 커리어는 8년의 대통령 재임기간이 전부라고 해도 과언이 아니다. 링컨은 이 8

년을 혼신을 다 바쳐 가장 정치적인 길을 가게 된다. 링컨은 가장 정치적인 방법으로 자신이 정치인으로서 부족한 부분을 해결하려고 노력했다. 그것도 정치적인 권모술수가 아닌 상대방의 마음을 얻는 데서부터 시작했다.

MB는 종종 '나는 정치적이지 않다', '나는 정치와 거리를 두고 싶다'는 말을 한다. 한 나라의 국정책임자로서 대통령만큼 정치적인 자리가 또 있을까. 그런데도 자신을 부정하는 듯한 이런 발언이나 태도로 인해 정치인들이나 국민들조차 MB의 진정성을 의심하게 되는 경우가 많다.

소통이 안 된다는 게 뭔가? 대한민국의 역사상 이명박 대통령만큼 열심히 일하는 사람도 없다. MB처럼 일요일까지 나와서 일하는 대통령이 역대 대통령 중에 누가 있는가? 그런데도 사람들에게 인기를 못 끄는 이유가 뭔가? MB의 경제정책이 총체적으로 실패했는가? 우리나라는 세계적으로 출렁거렸던 경제위기도 가장 먼저 벗어난 나라가 아닌가? 바로 MB 정부 때 세계적 경제위기를 벗어난 게 아닌가? 이 정도면 박정희나 이승만의 업적처럼 MB의 업적도 어마어마하지 않은가? 왜 그것을 인정해 주지 않는가?

그럼에도 불구하고 이 모든 게 '소통의 부재'라는 한마디로 평가 절하된다는 것이다. 소통이 무엇인가? 시대정신을 읽는다는 것이다. 시대정신을 좀 더 거창하게 말하면 사람의 감성을 읽는다는 것이다. 집단의 감성을 읽는 것이 시대정신의 파악이라는 것이다. 지금 국민들이 바라는 시대정신은 진정한 것, 진솔한 것에 있다. 진솔함은 정치인들 쇼하지 말고 국민에게 진심으로 다가서라는 것과 같은 맥락의 주문이다.

지금 세계에서 가장 인기가 높은 브라질의 룰라 대통령의 85% 인기비결이 무엇인가? MB보다 일을 더 많이 해서 그런가? 나는 꼭 그렇다곤 생각하지 않는다. 룰라는 시대정신을 정확하게 읽고 브라질 국민들이 원하는 작은 소망을 이뤄준 것뿐이다. 룰라가 재임 중에 브라질 GNP가 몇 배 더 오른 것도 아니다. 물론 조금은 나아졌다. 그런데 그것만으로 룰라가 85%의 인기를 지속적으로 유지할 수 있었다고는 말할 수 없다. 말할 것도 없이 룰라는 국민들이 바라는 게 무언지 정확하게 알았고, 딱 그만큼만 국민에게 다가서고자 했다. 더도 말고 덜도 말고 딱 국민들이 원하는 수준까지 맞춰줬다는 것이다. 나는 룰라의 정치력이 바로 지금 국민이 바라는 정치인의 자세가 아닐까 생각한다.

모든 권리는 국민으로부터 나온다. 국민은 투표를 할 수 있는 유권자이다. 정치인에게 유권자는 주인이기 때문에 바로 주권자는 국민인 것이다.

'비정치적 정치인'

춘추시대 제자백가인 묵자는 어느 날 제자 고자가 자신을 찾아와 "저는 나라를 잘 다스리는 정치를 할 수 있습니다"고 말하자 당치도 않은 말을 한다며 다음과 같이 말했다.

"정치란 것은 입으로 말한 것을 반드시 몸으로 실천하는 것입니다. 그런데 당신은 말만 하고 실천하지 않고 있으니 이는 당신의 몸이 어지러운 것입니다. 자기 몸도 다스리지 못하고 있는데 어찌 정치를 한단 말입니까? 잠시나마 스스로의 몸이 어지럽지 않도록 노력하십시오."

스스로 정치인이라고 말하며 2대에 걸쳐 국회의원으로 활동하고 있는 사람으로서 사뭇 옷깃을 여미게 되는 말이 아닐 수 없다.

자고로 정치인은 스스로를 잘 다스릴 줄 알아야 주위 사람들과, 나아가 더 많은 사람들을 이롭게 할 수 있다고 말하는 대목에서 나는 정치인으로서 얼마나 스스로를 다스리고, 국민에게 이로운 일을 했었는지를 가만히 되묻게 된다.

나는 17대에서는 한나라당 소속이었고, 지금은 미래희망연대 소속이다. 국회의원이 돼서 일생에 다 겪을 수많은 사건들을 7년 동안에 다 치룬 것 같아 정치의 무게를 느끼게 된다. 하지만 정치인으로서 나는 되도록 정치하는 것이 행복하다고 느낄 수 있는 정치인으로 살고 싶었다. 그렇다고 해서 현재의 내가 행복한 정치인이라는 것은 아니다. 다만 한 가지 행복한 정치인이 되기 위해서 소명의식만은 견지하고 살려고 노력했다. 정치인이 소명의식만 있다면 큰 절망은 있어도 포기는 하지 않는다. 나는 사람이 가장 불행할 때가 자신이 원하던 뭔가를 포기할 때라고 생각한다. 7년 동안 정치인으로 생활하면서 스스로를 정직하게 반추해 볼 수 있어서 내 인생에서 가치 있는 시간은 됐던 것 같다. 정치는 나에게 내가 부족한 것이 관대함, 포용력, 겸손, 친절함, 그리고 사랑하는 마음이라는 것을 깨닫게 해주었다.

학자일 때는 나의 부족함을 볼 시간이 없었다. 나는 학자일 때 사람들과 타협할 필요가 없었다. 학자란 본래 그런 세계를 지향하는 사람일지도 모른다. 무난하게 남과 비슷한 논리여서는 안 되고, 남과는 다른 자기만의 독특한 이론이 있어야 뛰어난 학자라고 인정받는 세계였으니까. 타협과 상반되는 개념이 학자였기 때문에 굳이 타인에게 관대할 필요도 없었다. 남에게 관대해지면 남의 논문도 정확히 분석이 안 되고 냉정한 비판도 할 수 없기 때문이다.

그런데 정치를 통해서 나는 나의 부족함을 보게 됐다. 그래서 정치는 나를 인간적으로 성숙하게 하는 배움터가 됐고, 인간적으로 나를 수련시킨 수양의 장이 되었다. 또한 지금은 많은 절망감을 느끼고 있음에도 불구하고 진실과 열정이 언젠가는 나를 필요로 하는 자리에서 꽃필 수 있을 거라고 희망한다. 정치는 진심으로 열정과 진실을 다하면 사람들의 가슴에 통할 수 있다는 희망을 보여주는 곳이다. 그래서 더욱 희망을 가지고 성숙하고, 관대하고, 포용력 있고, 친절하고, 겸손하고, 사랑할 줄 아는 사람으로 성장하기 위해 최선의 노력을 기울여왔다. 국회는 이처럼 나를 좀 더 인간답게 만드는 곳이라고 생각하기 때문에 분명 의미 있는 생활의 터전이라고 생각한다.

2004년부터 지금까지 국회의원을 하면서 음으로 양으로 나를 도와주신 분들이 참 많다. 천성적으로 내성적인 성격이고 혼자 있기를 좋아하는 탓에 맘 맞는 동료 의원들과 어울려 술자리를 가진 적도 별로 없고, 국정현안에 대해서 모여서 스터디하는 경우도 드

물었다. 그럼에도 불구하고 한나라당 출신의 선배 중진 의원님들에게 많은 것을 배웠고 모르면 달려가 도움을 청하기도 했다.

17대 때는 지금 한나라당 대표를 하고 있는 홍준표 의원에게 가서 많은 걸 상의했다. 17대 때의 어느 날 홍준표 의원과 사석에서 담소를 나눈 적이 있다. 홍 의원은 대구에서 고등학교를 나온 분이었다. "내가 제일 처음 데이트하던 학생이 경북여고 출신이"라며 농담조로 이야기를 나누었던 기억이 난다. 그날 이후로 홍 의원과 인간적으로 지역 선배로서 많은 얘기도 했고 좋은 말씀도 많이 들었다.

김문수 도지사는 17대 초반에 많은 걸 상의했던 분이다. 개인적으로는 내가 17대 국회에 들어올 때에 공천심사위원장으로 '이라크 파병 논쟁'을 다룬 MBC의 '백분토론'을 보고 나를 발탁하신 분이다. 그후에도 북한인권문제를 맡아 보시다가 역시 나에게 이 일을 맡아줄 것을 제안하신 분이기도 해서 이래저래 정치인 송영선에게는 잊을 수가 없는 분이다.

친박의원 중에는 의외로 나와 친하게 지내는 국회의원이 별로 없다. 사실 친박의원이라고 하시는 분들 중에서 17대 대통령 경선 때 박근혜 캠프에서 같이 고생하던 분들 중 지금 나와 허물없이 얘기하는 분은 거의 없다. 그래도 가끔 만나는 분들은 김무성 의원, 이혜훈 의원 정도가 같이 고생했던 분들이어서 연락이라도 하고 지낸다. 유승민 의원은 같은 국방위원이니까 상임위 회의 때 이야기를 나누는 정도이다. 국방문제에 대해서 많은 얘기를 하는 의원은 전 국방부장관이셨던 김장수 의원이다. 이인제 의원은 2002년 대선 때 자신의 안보특보로 나를 쓰시겠다는 언질을 해주셨던 분이라서 그 인연으로 지금까지도 허심탄회하게 만나서 국정현안에 대해서 얘기를 나누곤 한다.

최연희 의원은 최근 불미스러운 일로 한나라당에서 출당을 당했지만 내가 인격적으로 존경을 하는 분이었다. 한나라당에서는 법사위원장도 하셨고 사무총장도 하셨지만 사석에서는 그렇게 다정다감하고 인격적인 분도 드물다. 언제나 변함이 없으시고, 언제든지 내가 얘기라도 드리러 가면 말 한마디라도 늘 따뜻하게 해주시곤 하셨다.

이만섭 전국회의장도 내가 대학교 다닐 때부터 존경하던 분이었다. 지금은 정치를 하고 있지는 않지만 필자가 가끔씩 전화를 드려서 안부도 묻곤 하는 정치계의 큰 어른이시다.

물론 우리들에게 등불 같고 든든한 백그라운드는 박근혜 대표이다. 하지만 박 대표는 성격 자체가 말씀을 많이 하시는 분도 아니고 사람들하고 앉아서 허심탄회하게 대화하시는 분도 아니다. 워낙 말수가 적고 마음으로부터 챙기는 인물이라 나도 박근혜 대표와는 항상 마음으로 연결되어 있다고 생각하고 있다. 물론 내가 탈당을 해서 지금 한나라당에도 못 들어가고 있는 어려움을 누구보다도 잘 알고 있는 분이 박 대표라는 것을 나도 마음으로 잘 알고 있다. 그래서 내가 갈 길에 대해서는 항상 배려를 해주시리라고 생각한다. 나는 그것을 믿어 의심치 않고 사실이 또 그렇다.

이외에도 기자분들 중에서 친하게 지내는 분들은 세계일보의 조민호 논설위원이나 문화일보의 윤창중 논설실장 정도이다. 그분들과는 국가안보에 관해 흉허물 없이 의견을 나누는 사이이다. 그중에도 윤창중 실장은 워낙 칼럼을 많이 쓰다 보니 칼럼을 쓸 때마다 거의 예외 없이 전화를 해서 내 의견을 묻는다. 때에 따라서는 두 사람의 의견이 극명하게 달라서 싸울 때도 있고, 어떨 때는 둘이 손바닥을 칠 때도 있지만 개인적으로는 굉장히 소신 있는 분이라고 생각한다. 윤창중 실장은 98년에 일본 게이오대학에서 동창생으로 지낸 남다른 인연이 있는 분이다. 도승진 중앙일보 논설위원은 필자의 대학교 후배이고 조민호 논설위원도 대학 후배이다. 또한 내가 지금 미래희망연대에서 어렵게 고군분투해도 격려해 주며 인간적으로 얘기를 나누는 KBS 김성진 국회출입반장도 나에게 힘이 되고 있는 언론인이다. 여기자 중에는 중앙일보 이가영 기자와 친하게 지냈는데 지금은 사회부로 가 있어서 볼 일이 거의 없다.

17대 때에 기자들 사이에서 국회의원 299명 중에 가장 비정치적인 정치인으로 내가 거론됐다고 한다. 이 말이 어떻게 들으면 칭찬 같기도 하지만 결국은 내 결점을 얘기하는 거라고 생각한다. 최근에는 주변에서 나를 아끼는 분들로부터 화장을 고쳐라, 성형을 해라, 목소리를 고쳐라, 발음을 고쳐라, 모 의원처럼 여성스럽게 표현해라, 남자들이 거부감 느끼지 않게 얘기해라, 말의 스피드를 낮춰라 등등의 주문을 참 많이 받는다. 그래도 나는 이미지를 바꾸기보다는 내가 하고 싶은 일을 소신 있게 하는 게 정치인 송영선의 갈 길이 아닐까 생각해 지금처럼 꿋꿋하고 열정적으로 의정활동을 하려고 한다.

우리나라 매스컴이나 신문을 통해 국회의원들의 모습이 다소 부정적으로 보여 지고는 있지만 내가 아는 대한민국 국회의원은 누구보다도 국민들을 위해 헌신하고, 나라의 발전을 위한 정책을 만들어내느라 정신없이 바쁜 사람들이다. 물론 개중엔 국민보다는 자신이 먼저인 국회의원도 있었지만, 대부분의 국회의원은 지금 이 순간에도 가난한 서민의 편에서, 정의와 진실이 빛날 수 있는 일들을 찾아 불철주야 자신을 돌보지 않고 뛰고 있다. 나는 이러한 국회의원들과 어깨를 나란히 하며 대한민국의 밝은 미래를 위해 거침없이 달릴 수 있다는 걸 항상 감사하게 생각한다.

호적 없는
국회의원

기호 1번이 될 수 있는 집권여당 국회의원과 교섭단체도 구성하지 못하는 소수야당의 국회의원은 같은 국회의원이지만 권한에 있어서는 하늘과 땅 차이이다. 18대 국회에서 나는 여당도 아닌 그렇다고 야당도 아닌 호적 없는 국회의원이 되었다. 그럴수록 국회의원의 본래 역할인 입법활동에 모든 것을 걸 수밖에 없었다. 최선을 다하겠다는 것과 아직도 살아있음을 증명해낸다는 것은 냉정하게 말하면 그렇게 하면 좋겠다는 것과 그렇게 하지 않으면 생존할 수 없다는 것의 명백한 차이였다. 불과 몇 년 전까지만 해도 여당 동료이자 선후배 국회의원이었던 한나라당의 친박계 의원들과는 소수정당인으로서의 거리를 좁힐 수 없었던지 서먹한 사이가 되고 말았다. 역설적이게도 그래서 더욱 열과 성을 다해 의정활동에 매진했다. 과거엔 여당 프리미엄도 무시 못 할 권한이었고, 내 실력에 무게를 실어주는 요인이었지만, 18대 때는 송영선 그 이름 자체로 모든 것을 증명해내야 했다. 외로웠지만 열심히 했고, 내 전문성의 보루인 국방과 통일, 북한문제를 더욱더 선명하고 이의를 제기할 수 없을 만큼 완벽하게 준비했다.

　법안을 만들면서 무엇보다도 내가 중요하게 생각하는 것은 법안 하나를 더 내서 이름을 올리겠다는 것보다 좀 더 밝은 세상을 만들어야 된다는 소명의식을 가지고 국가전략에 대해서 항상 고민하고 연구하자는 것이다. 법안을 하나 더 내서 이름을 올리자, 상임위에서 질문을 하나 더 해서 카메라에 나가자, 대정부질문에서 한마디라도 특별난 질문을 해서 튀자, 이미지를 좋게 가져가서 인기를 끌자는 것보다는 사회가 한걸음 더 성숙할 수 있는 의미 있는 법안을 만들어내기 위해 고민하고 있다. 나는 정치인의 소명의식은 내가 있음으로서 좀 더 밝은 세상을 만들어야 한다는 것이라고 본다. 나는 정치인으로서의 소명감을 실천하기 위해 국익에 도움이 되는 국가전략을 만들고자 국방이나 안보분야에 좀 더 집중해서 법안을 만들었다. 예를 들면 강한 군대를 만들기 위해서 군이 무엇을 해야 되는가, 정치인들은 무엇을 해줘야 되는가, 국민들은 무엇을 이해해줘야 하는가를 늘 고민해서 꼭 필요한 법안을 만들고자 노력한다.

또 대한민국이 더 부자가 되고 강해지기 위해서는 무엇을 해야 되는 것인가? 더 나은 국가를 만들기 위해서는 정치인들은 무엇을 해야 하는 것인가? 국민들은 무엇을 협조해야 할 것인가? 이런 부분을 큰 그림 속에서 항상 고민하고 있다. 이러한 그림 속에서 그림의 방향에 도움이 되는 가닥이 있다면 법을 만들고 추진하고 있다. 또한 이 법이 관련분야 사람들에게 정말 유익한 법인지를 알아보기 위해서 공청회도 해보고 상임위에서 질문도 해보곤 한다. 이를 통해 국익이나 사회발전에 도움이 되는 장기적인 측면에서 꼭 필요한 법안을 만들어보자는 게 내가 법안을 만드는 기본 방침이다.

내가 18대 국회에서 발의한 법안은 총 29개였다.

이중 외교통상위에 제출한 법안은 '남북이산가족 생사 확인 및 교류촉진에 관한 법률안' '영해 및 접속수역법' '여권법' '한국국제협력단법' '영해 및 접속수역법' '북한이탈주민 보호 및 정착지원에 관한 법률안' '대승호 조기송환 촉구 결의안' 등 총 7개였다.

국방위에 제출한 법안은 '병역법' '군 인사법' '병역의무이행자의 건강증진에 관한 법률안' '방위사업법' '국군부대의 해외파견 절차법' '병역법(여성 ROTC)' '국방과학연구소법' '군무원 인사법' 등 총 6개였다.

또한 행정안전위에 제출한 법안은 '재해구조법' '정부조직법' '국가 공무원법' '자원봉사활동 기본법' 등 총 4개였다.

이밖에 지식경제위에 '대외무역법'을, 법사위에 '군용물 등 범죄에 관한 특별조치법' '감사원법'을, 정보위에 '국가정보원법' '테러 예방 및 대응에 관한 법률안'을, 정치개혁특별위에 '공직선거법'을, 정무위에 '국가유공자 등 예우 및 지원에 관한 법률안'을, 기재위에 '조세특례제한법'을, 교과위에 '학원의 설립·운영 및 과외교습에 관한 법'을 각각 법안으로 발의하였다.

내가 제출한 29개의 법안 중에는 현재 계류 중에 있는 법안도 많고, 상정이 안 되고 있는 법안, 폐기된 법안도 있다. 이중에서 본회의를 통과한 4개의 법안은 '남북이산가족생사확인 및 교류촉진에 관한 법률안'과 '여권법', '북한이탈주민 보호 및 정착지원에 관한 법률안' '병역법(여성 ROTC)' 등이다.

먼저 '남북이산가족생사확인 및 교류촉진에 관한 법률안'은 2008년 7월 22일에 발의를 해서 수정돼, 본 회의를 통과했다. 주요 내용은 남북이산가족생사확인 및 교류촉진을 위한 국가의 책무를 규정한 것이다. 그리고 북한당국과의 적극적인 협의 및 지원을 촉구했고, 남북당국간 이산가족문제의 획기적인 발전이 있기까지 민간차원의 이산가족교류를 지원하기 위한 근거를 마련했다. 이 법률안을 발의한 동기는 이산가족의 생사확인이나 교류촉진은 남북의 정치상황이나 경제상황에 휘둘려서는 안 된다고 생각했기 때문이다. 따라서 정부가 앞장서서 공식적인 행사를 못 한다면 최소한 민간차원에서라도 이산가족 교류는 계속 지원하고 추진할 수 있게 하자는 취지에서 이 법을 제안하게 되었다.

다음으로 '여권법'이 2009년 2월 11일에 본회의를 통과했다. 기존의 여권법은 여권발급과정에서 본인 여부를 확인하기 위해서 여권을 발급받는 사람의 지문 10개를 여권 뒷장에 모두 찍게끔 돼 있었다. 그런데 필자는 기존의 여권법이 국민들의 사생활 침해의 소지가 있다고 판단해 여권을 발급받는 사람의 지문을 찍돼 여권에는 넣지 말고 3개월간 지문을 수집, 보관, 관리할 수 있도록 하자는 내용의 법안을 제출하였다. 나는 전자여권을 만들기 위해 지문 10개를 찍어서 여권에 넣으면 외국에 나가서 공항 심사대에서 여권이 통과될 때 다 찍히기 때문에 여권에 지문을 넣는 것은 개인의 사생활이 침해되는 것이라고 판단해 여권에 지문을 넣는 것은 안 된다고 했다. 대신 국내의 범죄와 관련된 것을 급히 조사할 때 빨리 할 수 있도록 데이터를 만들어야 하기 때문에 지문을 수집, 보관, 관리하는 기간을 3개월 이내에 하도록 하자는 식으로 기존의 여권법을 변경하도록 했다. 그러면 개인의 사생활도 보호하면서 국제테러나 범죄행위에 대해서도 즉각적인 협력을 할 수 있는 체제를 만들 수 있다는 것이 이 법을 제안한 취지였다.

세 번째로 '북한이탈주민보호 및 정착지원에 관한 법률안'이 2009년 11월 12일에 통과됐다. 이 법의 주요 내용은 북한이탈주민의 원활한 정착지원 및 취업장려, 부당한 피해규제, 지역적응센터 설치 등을 법에 반영한 것이다. 이 법의 제안 취지에는 북한이탈주민을 채용하는 업체 중에서 우수업체는 세제혜택을 주자, 그리고 공공기관을 평가할 때 북한이탈주민을 어느 정도 고용했느냐에 따라서 공공기관 평가에 반영시켜주자는 내용이 담겨 있다. 그렇게 함으로써 북한이탈주민들이 대한민국에 정착하는데 조금이라도 도움을 주자는 것이 이 법을 제안한 취지였다. 이 법의 통과는 필자가 17대부터 계속해서 관심을 가지고 추진해 오던 북한 관련법의 통과가 지지부진한 상태에서 일단 이 법이 통과됨으로써 다른 북한 관련법의 통과를 기대할 수 있게 됐다는 데 큰 의미가 있었다.

네 번째로 '병역법(여성 ROTC에 관한 법)'이 2010년 1월 6일에 발의를 해서 통과가 됐다. 이 법의 주요내용은 여대생들의 학생군사교육단 지원에 대한 법적 근거를 마련하는 내용이다. 당시 여대에 다니는 여대생들이 ROTC에 지원해서 군복무에 참여하는 법적 근거가 없었다. 그래서 여성들의 군입대 선택폭을 ROTC, 여군장교까지 참여할 수 있도록 하기 위해서, 또 군 내 양성평등원칙을 실현하기 위해서 여성 ROTC 지원에 관한 법적 근거를 마련한 법이다.

마지막으로 가장 최근에 통과된 법이 '군무원 인사법'으로 2011년 4월 27일에 국회를 통과했다. 이 법의 주요내용은 군무원 임용결격 사유에 복수국적자일 경우에는 군무원이 안 된다는 내용이다. 대한민국 군대에서는 이중국적자는 장교가 될 수 없도록 규정돼 있다.

사실 단어가 군무원이지, 비밀을 다루는 군의 주요 요인과 역할이 같기 때문에 이중국적자가 군무원으로 복무할 수는 없는 것이다. 다만, 대통령령으로 정하는 군무원직일 경우에는 예외로 하고, 원칙적으로는 복수국적자는 군무원 임용의 결격사유로 넣었다.

사실 내가 발의한 법안 중에서 개인적으로 꼭 통과됐으면 했는데 통과되지 않고 국회에 계류 중인 법안도 꽤 있다. 몇 가지 계류 중인 법안을 소개하면 다음과 같다.

첫째, '국정원법'으로 2008년 12월 23일에 제출했는데 정보위에 올라가서 전혀 진도가 안 나가고 있다. 이 법안은 "국가정보원의 정보활동을 현 시대에 맞게 조정하고 다른 법률에 규정된 국가정보원의 역할을 국가정보원법에 반영하여 국가안전보장에 관련된 정보, 테러, 국제 범죄조직, 산업기술보완에 대한 정보를 수집·분석·배포하게 하자"는 내용의 법안이다.

둘째, '테러예방 및 대응에 관한 법률안'을 제출했지만 국회에 체류 중에 있다.

일본의 경우는 1999년에 이미 대테러법이 만들어졌다. 하지만 우리는 대테러방지법이 없다. 이 법은 "테러방지를 위한 국가의 책무, 국가테러위협통합센터의 설치, 테러정보수집과 공유, 전문인력 양성, 테러위해요소의 차단 및 제거, 해외유관기관과의 대테러대응 공조 및 협조체제 강화 등을 규정함으로써 테러대응활동을 원활하게 수행할 수 있도록 제도적인 뒷받침을 하자"는 것이다.

지금 전 세계에서 한국인을 상대로 한 테러가 빈번하게 발생하고 있다. 소말리아의 해적이나 마약 관련 사범이라든가, 사이버테러 등등 각종 테러가 전면적인 전쟁보다 훨씬 더 빠르고 심각하게 미래전쟁의 형태로 전개되고 있다. 그런데도 우리나라에는 아직까지 대테러법이 없다.

필자는 기회 있을 때마다 대테러법의 필요성을 강조하며 '국가안보에 관련된 대테러법'을 제출했지만 민주당의 반대로 국가정보위 법안소위에 아직까지 계류되고 있다. 이 법안은 국가의 중차대한 임무수행을 위해서도 꼭 필요한 법인데 민주당의 강력한 반대로 본회의에도 상정조차 되지 못하고 있어 너무나 안타까운 심정이다. 이 법은 국정원법 처리가 먼저 돼야 연동이 되기 때문에 국정원법이 통과되지 못한 상황에서 연동을 안 시켜줘서 법안 통과가 안 되고 있다. 그 외에도 여러 법안이 있지만 국가이익과 직결되는 '국정원법' 과 '대테러법'이 통과되지 않아 안타까운 마음을 금할 수가 없다.

'옳은 것이
강한 것을 이긴다'

　여성정치인으로서 내게 깊은 영향을 준 선배의원은 바로 박근혜 전대표였다. 박 대표와의 처음 인연은 2002년 4월 캠브리지 대학에 코리아센터 설립 세미나에서였다. 당시 박 대표는 '미래연합'의 대표로 어려운 시절을 지내고 있었다. 한나라당에서 이회창 대표와 결별하고 혼자 떨어져서 당을 이끌던 때였다. 당시 박근혜 전대표는 캠브리지 대학을 가기 전에 보좌관을 통해서 '대북문제'라든가 '한반도 안보문제'에 대해서 필자에게 많은 것들을 물어오고 필자도 여기에 관련된 자료를 보내드리고 하던 때였다. 당시 박 대표는 캠브리지대학에 가서 '대북 사업 발표'를 하게 된다. 2002년 김정일을 만나기 직전이다. 그때 박 대표가 발표하는 내용을 보니 필

자가 평소에 박 대표의 보좌관이나 지인에게 말씀드렸던 그 내용
들이 그대로 포함되어 있었다.

"첫째, 대북사업은 남북한이 상호성을 지녀야 된다. 남한이 일방
적으로 주기만 해서는 안 된다. 둘째, 북한을 국제사회로 끌어내는
데 적극적인 노력을 해야 한다, 세 번째, 미국, 일본과 항상 협의를
하고 그들과 공조노선을 취해야 한다, 네 번째, 한반도 공동 평화
체제를 위해서 남북한이 공동노력해야 한다."

그 당시 박 대표가 발표한 내용들은 당시로서는 상당히 앞서가
는 주장들이었다. 당시 어느 국회의원도 '남북한의 상호성'을 주장
한 사람이 별로 없었다. 그때만 해도 우리가 북한에 가마니째로 지
원을 한다고 해도 국민들이 별로 신경 쓰지 않았을 때였다. 그런데
박 대표는 그때 벌써 남북간의 상호성을 강조했다.

박 대표는 같은 여성으로서 내게 힘을 실어주고자 보이지 않는
성원을 보내주신 적이 많다. 2004년 10월 3일에 국정감사를 하다
가 과로로 여의도성모병원에 잠시 입원을 한 적이 있다. 그때 박 대
표가 직접 나를 찾아왔다. 그 바쁜 와중에 일부러 나를 찾아와서는
"당신이 당에서 얼마나 중요한 사람인데, 이러고 있으면 되느냐.
몸 잘 챙기고 건강해야 한다"고 진심에서 우러러나오는 위로의 말
씀을 해주셨다. 그때 나는 박 대표의 진정이 내 가슴에 와 닿는 것
같아서 무척이나 많이 울었다. 그때 나는 당대표라는 대단한 사람
이 찾아와서 운 게 아니라 우리가 서로를 너무나 잘 아는 사람 같다

는 동병상련(同病相憐) 같은 감정이 울컥 튀어나와서 그랬던 게 아닌가 싶다. 박 대표는 일반인은 결코 경험할 수 없는 수많은 아픔을 갖고 있다. 그것을 가슴에 묻고 사는 사람의 심정을 나 같은 사람은 이해조차 하지 못할 것이다. 그래서 박 전대표를 보면 저 가슴엔 뼈저리게 사무친 열정과 사랑이 담겨있고, 저 머리엔 누군가를 이끌어갈 수 있는 냉철한 지도력이 있다고 느끼곤 했다. 한마디로 현실을 초연할 수 있는 초인의 힘이 있는 것이다. 늘상 저렇게 할 수 있다는 것은, 아무나 할 수 있는 게 아니다는 생각을 했다.

내가 한나라당 여성위원장을 맡고 있을 때 박 전대표를 옆에서 보면, 한 번도 흐트러진 모습을 보이거나 기본을 잃지 않는 사람이었다. 그런 의미에서 어떤 면에서는 아버지보다 더 무서운 사람이라는 생각이 들곤 했다. 사람들이 육영수 여사하면 인자하고 부드러운 모습만 기억하지, 그분의 강한 인내심에 대해선 잘 알려고 하지 않는 것 같다. 사실 내가 보기엔 그 흐트러지지 않는 자세, 강한 인내심은 아버지가 아니고 어머니한테서 온 것이고, 자신의 성격을 누를 수 있는 힘도 어머니한테서 물려받은 것이라고 본다.

아버지 어머니가 다 비운에 돌아가시고 오랜 세월을 스스로를 통제하고 수련하는 법을 배우면서 자기만의 단단한 자아를 형성하게 된 건 아무래도 육영수 여사로부터 영향을 받지 않았나 하는 생각을 해본다. 또한 박정희 대통령의 대단한 지도력, 강한 카리스마도 이어받아 내면이 강한 외유내강형의 기질을 형성했던 게 아닌가 싶다.

　박근혜 전대표는 강한 카리스마와 대단한 인내심, 철저히 원칙을 지키고자 하는 모습을 통해서 새로운 여성지도자의 리더십을 보여주고 있어 여성정치인으로서 많은 것을 배워야 할 멘토의 대상이다. 이제 우리는 대한민국을 선진화시킬 새로운 여성지도자를 만날 날이 멀지 않은 것 같다.

소신과
'소통 부재'

2004년 4월 30일, 새벽안개가 채 걷히지 않은 이른 아침에 동작동 국립현충원 제일 높은 곳에 자리한 박정희 대통령과 육영수 여사의 묘소를 찾았다. 그날은 내가 17대 국회의원에 당선된 다음날이었다. 아침이슬을 맞아 빛나는 두 분의 묘소를 바라보며 잠시 묵념을 드린 후에 계단을 내려오는데 계단 끝에 방명록이 있었다. 방명록에 이름을 쓰고 한쪽 모서리에 조그맣게 비고란이 있어서 가만히 마음을 다잡고 깨알같이 글씨를 써내려갔다.

"내가 국가를 위해 충성함에 있어서 흔들림이 없게 해주십시오. 그리고 당신의 딸도 이 나라를 지키고 이끌어갈 수 있도록 도와주십시오."

가슴으로부터 써내려간 이 글은 내가 박정희 대통령과 육영수 여사에게 약속한 정치인으로서 바른 길을 걷고자 했던 내 초심의 다짐이자 박근혜 전대표를 향한 내 마음의 표현이었다.

그때 그 약속이 내 정치의 초심이었고 그 초심이 흔들리지 않도록 하기 위해 나에게 부끄럽지 않도록 의정활동을 하고자 했다.

내가 소속된 미래희망연대는 호적에도 없는 자식처럼 한나라당에서 어느 날 뛰쳐나와 명패만 '미래희망연대'로 단 제 목소리가 하나도 없는 정당이다. 현역 국회의원이 자유선진당 다음으로 많지만, 민주노동당이나 국민참여당보다 언론에서 주목받지 못한다. 그러니 당의 정체성을 어디서 찾을 수 있겠는가. 이런 존재감 없는 당 소속 국회의원으로 속상할 때마다 스스로를 담금질하고 다그치는 건 2004년 4월 30일의 박정희 대통령 내외 묘소에서 방명록에 쓴 다짐이다.

박근혜 전대표가 대통령후보로 여론조사 부동의 1위를 지키고 있는 요인은 여러 가지로 봐야 한다. 제일 큰 것은 5, 60대 보릿고개를 겪어봤던 사람들의 박정희 대통령에 대한 향수, 다음으로 박정희 대통령의 딸로서의 박 대표가 걸어온 어려운 삶, 외로운 삶, 고난의 삶에 대한 동정, 세 번째는 2004년 탄핵 이후에 천막당사에서 시작된 사즉생의 잔 다르크와 같은 희생정신을 들 수 있다. 이것이 바로 진정한 보수의 정신이다. 네 번째로는 MB가 약속한 서민경제 활성화에 대한 신통찮은 결과에 대한 실망에서 나오는 보상심리가 작용했다는 점, 다섯 번째는 확고한 안보관을 기대하는 마음을 들 수 있다. 특히 최근의 천안함 폭침이나 연평도 포격 사건 등에서 보여준 MB의 리더십에 대한 실망과 이에 따른 보상심리가 박근혜에게로의 기대를 더 크게 한 것 같다. 여섯 번째는 정치인들에 대한 부정적인 평가와 상반되는 원칙과 소신을 견지한 지도자라는 평가에서 오는 기대심리를 들 수 있다. 일곱 번째는 위기상황에 대해서 나름의 성숙한 인격에서 우러나오는 침착한 위기대응능력을 높이 사고 있다는 점이다. 2007년 경선 때의 남자들도 대처할 수 없는 침착성이라든가 자기통제력 같은 대단한 경지를 국민들이 인정하게 됐다는 것이다. 여덟 번째는 시대적 상황에 대한 반응, 다시 말해서 여성의 정치참여 확대에 상응하는 정치에 관심 있는 여성들의 보상심리가 작용한다. 즉, 내가 못하더라도 당신이라도 대통령이 되어 나라를 끌어가 줬으면 좋겠다는 심리가 반영됐다고 볼 수 있다.

이러한 다양한 요인들이 복합적으로 작용해 지금의 박근혜 대세론을 만들고 있는 것이 아닌가 생각한다.

나는 지금도 박근혜 전대표에 대한 절대적인 기대와 애정을 갖고 있다. 박 대표는 다른 정치인과는 비교가 안 될 정도로 많은 장점을 지닌 정치인이지만 아이러니하게도 그 장점이 안티로 작용할 수도 있는 소지를 안고 있는 정치인이기도 하다.

이것이 바로 박근혜가 19대 대통령이 될 수 있을까? 하는 의혹 내지는 두려움을 갖게 하는 이유이다. 예를 들면 '박정희 대통령의 딸이었다'는 것이 50대, 60대, 70대들이 맹목적으로 박근혜를 좋아하는 장점으로 작용하는데 반해서 박정희를 싫어하던 사람은 그것이 무조건 싫은 것이다. 이유 없이 싫은 것이다.

박근혜 전대표에게 애정 어린 충고를 드리자면 지금부터라도 '소통'에 관심을 갖고 다양한 목소리에 귀를 기울여달라는 말씀을 드리고 싶다.

사실 역대 대통령 중에서 MB만큼 열심히 일하는 대통령도 없다. 그럼에도 불구하고 지금 MB가 가장 곤혹을 치르는 것 중의 하나가 '소통이 안 된다' 고 국민들이 느낀다는 것이다. 사실 MB는 상당히 솔직한 지도자이다. 스스로 눈물 젖은 빵을 먹어본 당사자로서 서민의 애환을 과거 어떤 대통령보다도 잘 알고 있는 사람이다. MB는 스스로 자기 양심에 비쳐 부끄러움 없고 옳다고 생각하면 그대로 행동에 옮긴다. 그런데 그것이 자기 의도대로 전달되지 않고 있기 때문에 국민들이 '소통의 부재' 로 느낀다는 점이다. MB는 자기 의도대로 전달되든 말든 자기는 양심껏 행동하고, 도덕적으로 옳고, 반듯한 선택을 했기 때문에 자신의 행동이 맞다고 고집한다.

그런데 그런 고집이 똑같이 박근혜 전대표에게도 있다. 박근혜 전대표가 국민들로부터 '소통부재'를 지적받는 이유는 무엇일까?

그건 바로 박 대표의 평소 소신 때문이다. 내가 원칙과 부끄러움 없이 행동하고 내 관리를 이렇게 철저히 하는데 당신네들이 보면 알지 않느냐? 뭘 구태여 말을 해야 되느냐? 하는 소신을 갖고 정치하는 분이다. 이런 부분이 박 대표에 부정적인 사람들에게는 다소 독선적인 모습으로 비춰질 수도 있는 것이다.

또 하나, 박 대표에 대해 부정적인 사람들이 하는 말로 '박 대표가 여왕처럼 군다'는 말이 있다. 물론 말도 안 되는 얘기지만 반대 세력들은 앞서의 '독재자의 딸'이니 '소통 부재'니 하는 박 대표의 아킬레스건을 집요하게 물고 늘어진다는 점을 명심할 필요가 있다.

실제로 지난 17대 총선에서 나는 비례대표 5번으로 당선이 확실시됐기 때문에 선거 기간 내내 박 대표를 모시고 선거유세장을 두 달 동안 돌아다닌 적이 있다. 당시 박 대표 선거유세는 시속 160km로 산길이든 시골길이든 가리지 않고 16시간을 달리며 강행군을 하는 스타일이었다. 당시 같이 유세장을 다녀본 정치인으로서 그만큼 소탈하고 진솔하고 정성스런 지도자는 없는 것 같았다. 그 바쁜 유세기간 중에도 허름한 초가집에서 할머니가 다가와 악수를 청할 때도 그렇게 정성스럽게 악수를 해줄 수가 없다. 길거리에서 모르는 동네 아저씨를 만나도 언제나 웃음 띤 얼굴로 인사하고 악수하는 걸 잊지 않았다. 마음에서부터 우러나오지 않으면 할 수 없는 행동이었다. 박 대표가 그렇게 다니는 동안에 실제적으로 점심시간이 없었다. 차 안에서 김밥, 물로 때우고 하루에 열여섯시간의 강행군을 매일 했다. 그런 박 대표의 모습에서 여왕처럼 군다라는 것은 정말 말도 안 되는 얘기다. 도리어 사람들이 그를 여왕 취급을 해서 따라다녔다고 보는 게 정확한 표현일 것이다.

앞으로 박근혜 전대표가 대한민국을 이끌고 갈 큰 정치인이 되기 위해서는 국민들에게 본의 아니게 오해를 사 '소통이 잘 안 되는' 독선적인 지도자로 비춰져서는 안 된다. 박 대표나 박 대표를 돕는 사람들은 앞으로는 국민들의 알 권리에 대해서도 충분히 생각을 하면서 행동하고, 국민들에게 '소통이 잘 되는 열린 지도자'라는 인식을 심어줄 수 있는 방향으로 대선 행보를 분명하고 솔직하게 이끌고 가야 할 것이다.

'신뢰 프레임'

얼마 전 프레시안에 실린 박근혜 전대표를 다룬 '박근혜 현상'에 관한 주요 내용을 발췌해 보았다.

현재까지 박근혜 한나라당 전대표는 2012년 대선의 유일한 상수다. 연초에 쏟아진 여론조사 결과를 보면, 대선주자 중에서 박 전 대표는 부동의 1위다. 박 전 대표의 텃밭인 영남은 물론이고 수도권, 호남에서도 지지율 1위라는 사실을 염두에 두면 2013년부터는 '박근혜의 대한민국'에서 살 가능성이 크다.(보수적인 재외동포의 표도 한 몫 할 것이다.)

박근혜 전대표는 5년 넘게 퍼스트레이디 역할을 하면서 10대 후반부터 권력의 생리를 정확하게 파악할 기회를 가졌다. 물론 전두환, 노태우 정부 때 10년 가까이 대중 앞에 모습을 드러내지 못했다. 그러나 김영삼 전 대통령이 연금당하고, 김대중 전 대통령이 투옥당한 시절을 보면 알 수 있듯이, 정치인에게 그런 시기야말로 폭발적 정치를 준비하는 기간이다.

박근혜 전대표는 그 10년 동안 배신, 좌절을 감내했다. 그러고 나서 다시 대중 앞에 정치인으로 나섰다. 이런 전 과정을 살피면, 박 전대표는 통상 40년 가까이 정치에서 일어날 수 있는 거의 모든 상황을 겪은 정치인이다. 그는 정치를 하는 과정에서 어떤 위기가 올 수 있고, 그것을 극복하려면 어떤 노하우가 필요한지 나름대로 정리를 하고 있는 정치인이다.

한나라당이든 박근혜 전 대표든 기본적으로 영남과 보수의 전폭적인 지지를 받고 있다. 여기에 저소득층, 저학력층, 고연령층으로 대표되는 보수층이 박근혜 전대표의 지지층이다. 대구경북에 기반을 갖고 있는 박근혜 전대표가 서울수도권에서 30% 지지율을 유지하는 것은 굉장히 높은 것이다. 제일 약점으로 보이는 것이 20대 지지율이 25%이다. 이것도 낮은 것인가. 평균에 비해서 10% 낮지만 대선 레이스가 시작하는 시점에서 20대의 25%의 지지는 상당히 높은 것으로 봐야 한다.

박근혜의 신뢰 프레임은 국민에게는 신선하게 다가갈 수 있는 중요한 장점이다. 바로 박근혜 전대표만이 갖는 매력이기 때문이다. 바로 이런 자기만의 매력이야말로 김영삼, 김대중, 노무현 전 대통령과 같은 정치인이 가지고 있었던 것이고 지금 여권, 야권의 대선 후보에게 결핍된 것이다. 당장 김대중, 노무현 등은 이름 석 자만으로는 주먹을 불끈 쥐게 하고, 눈물을 흘리게 하는 매력이 있었지 않나? 이제 처음으로 전국 선거를 치르게 되는 정치인 박근혜도 바로 그런 매력을 가지고 있다는 점에서 지역적, 계층적 확산을 넘어서는 힘을 발휘할 가능성이 충분하다고 생각한다.(〈프레시안〉, 2011년 1월 16일자)

박근혜 전대표는 지금부터 대통령이 되기 위한 행보가 아니라 대한민국을 한발 더 앞서게 하고 성장시키게 하는 국가 지도자로서의 행보를 걸어야 한다. 이러한 사명감을 실현할 수 있는 지도자로서의 리더십과 비전, 역량을 보여야 한다. 내가 박정희 대통령을 존경하는 이유도 바로 그 시대가 요구한 리더십, 비전, 역량을 가졌기 때문이다. 다시 말하면 대한민국을 위한 박정희였지 박정희를 위한 대한민국이 아니었다는 것이다. 나는 '옳은 것이 강한 것을 이긴다'는 내 소신 때문에 최소한 원칙과 약속을 지키는 박근혜가 승리하는 정치판이 돼야 한다고 믿는다. 나는 박근혜를 그 누구보다도 존경하고 그가 이루려는 꿈에 대해 잘 알고 있다.

나는 박 대표께 진심으로 말하고 싶다. 지금까지 지켜왔던 원칙과 소신을 끝까지 고수하며 승리하는 지도자가 되어 달라고….

박정희 리더십

나는 국민들에게 화합과 경제비전의 메시지를 확실하게 제시해 국민과 지도자가 하나가 된 대통령으로 주저 없이 박정희 대통령을 꼽는다. 박 대통령은 '새마을운동'이라는 확고한 비전을 국민들이 쉽게 가슴으로 느낄 수 있도록 단순하지만 힘찬 메시지로 던졌다. 박 대통령은 짧지만 강하게 국민들에게 호소했다. "잘 살아보세, 잘 살아보세" 아주 간단하지만 강력한 메시지를 국민들에게 던지며 국민들 스스로가 깨어나고 일어설 수 있도록 강력한 동기를 부여했다. 그건 너무나 쉽지만 강렬한 호소였다.

박 대통령은 국민들에게 하루 세끼 쌀밥을 먹어 보자고 호소했다. 어떻게? 새벽부터 일어나자는 것이다. "새벽종이 울렸네. 새아침이 밝았네. 우리 모두 일어나 새나라를 만드세." 그렇게 새벽부터 너도 나도 다 같이 일찍 일어나 새마을을 가꾸자고 국민들 가슴에 호소했다. '새마을운동'은 노래로, 구호로 불려지고, 실천을 독려한 훌륭한 조국 근대화의 상징적인 운동이었다. 이 운동을 통해 국민들은 '비전'이라는 용어가 뭔지는 몰라도 "아, 이게 정말 잘살아 보자는 대통령의 호소로구나. 나도 이제 더 이상 밥 굶기 싫다. 이거 하면 최소한 배는 안 곯겠구나" 하고 마음으로 느낄 수 있었다. 이것이 바로 한 나라를 책임질 대통령이 국민에게 보내는 '비전'이다.

나는 대통령이 되기 위한 세 가지 조건으로 비전과 역사의식, 그리고 자기 사명감을 꼽는다. 이 세 가지 조건을 자신의 시대에 가장 강력하게 실천하고 구현한 지도자가 바로 박정희 대통령이다. 박정희 대통령은 그야말로 자신이 몸소 체험한 절실한 바람을 비전으로 승화시킨 지도자였다. 박 대통령의 비전은 피상적이고 이룰 수 없는 비전이 아니었다. 스스로 눈물 젖은 빵을 먹어본 자만이 제시할 수 있는 절절하고 현실 가능한 비전이었다. 박 대통령의 비전은 다른 사람에게 빵을 줘야 한다는 절절함이 있었기에 누구나 공감하는, 실현해야만 할 비전이었다.

만약에 그가 국민에게 내놓은 비전이 평소 눈물 젖은 빵을 먹어보지 않았던 상류층 지도자의 탁상공론에서 나온 정책이었다면 그토록 온국민의 가슴속까지 파고들 수는 없었을 것이다. 박정희의 비전은 누구보다도 자신이 지독하게 가난했기 때문에 어떻게 하면 한 끼라도 배부르게 쌀밥을 먹을 수 있을까 하고 고민한 처절함이 배어있는 가슴 아픈 비전이다. 이처럼 생활의 뼈가 되고 살이 되고 고뇌가 되었기 때문에 박정희의 비전은 국민들의 눈물이 되고, 고통이 되고, 생활이 되어 절박한 현실의 비전으로 승화될 수 있었다.

다음으로 박 대통령은 자신이 왜 지도자가 돼야 하는지 시대의 소명을 절실하게 깨닫고 국정을 운영한 지도자였다. 그는 단지 자신이 60% 이상 인기가 있으니까 40%의 인기가 있으니까 식의 인기영합식 지도자로서의 이유를 내세우지 않았다. 그것보다는 내가 대통령이 돼야 국민들을 '배고픔에서 벗어나게 할 수 있고' '잘사는 나라로 발전시킬 수 있다'는 확고한 지도자관을 가지고 있었다.

또한 박정희는 지도자로서 역사인식이 투철한 사람이었다. 박정희 대통령은 조국근대화를 통해 대한민국을 세계의 주역으로 발전시킨 지도자라는 역사적 의미를 부여할 만한 대통령이다. 물론 필자의 생각과 달리 박정희 대통령을 독재자라고 평가하는 분도 있다. 하지만 적어도 필자의 역사인식으로는 박정희를 부정하는 한 우리 현대사의 성공을 부정하는 모순된 역사관을 지닐 수밖에 없다고 생각한다.

박정희 대통령을 무조건 영웅시하자는 것은 아니다. 박정희 대통령이 시대적으로 양면적인 평가를 받고 있다는 사실을 우리는 부정해서는 안 된다. 박 대통령은 분명히 정치적으로는 독재적인 부분이 있었다. 그러나 내가 늘상 주장하듯이 리더십의 형태는 시대마다 당대의 시대정신이 그대로 반영된다. 성공한 리더십은 그 시대의 시대정신을 제대로 반영한 리더십이다.

오늘 우리에게 박정희의 리더십이 주목을 받는 이유는 한 나라의 대통령이 국가와 국민에 대해 얼마나 철저하고 헌신적으로 사랑했는지를 몸소 보여준 구체적인 비전을 실현한 지도자였기 때문이다. 무엇 하나 제대로 된 것이 없는 황폐한 절망의 나라를 지도자로서의 의지와 결단력으로 국민들에게 '같이 만들어보자'는 공감의 리더십을 백분 발휘했던 지도자가 바로 박정희 대통령이었다. 한국에 박정희 향수가 진하게 나타날수록 국민들은 목마른 시대의 갈증을 채워줄 지도자를 절실히 바란다. 국민은 지금 진심으로 국민에게 다가가 구체적인 비전을 실천했고, 그 실천에 진심으로 고마워할 수 있었던 공감의 리더십을 펼쳤던 21세기의 박정희를 간절히 원하고 있다.

사랑=최고 경지의
리더십

미국 레이건 대통령의 대외정책 담당 수석 어드바이저로서 "힘이 있어야 평화가 온다"는 강력한 힘 우위의 평화유지론을 주장했던 롬멜 교수는 "의지×능력×관심=힘"이라는 의미심장한 말씀을 남겼다. 보통 사람들은 힘이라고 하면 힘 센 주먹 정도를 생각하겠지만, 롬멜 교수는 가장 큰 힘은 바로 사랑이라고 말했다. 그래서 세계의 역사가들은 인류역사상 가장 큰 힘을 지녔던 성인으로 '예수'를 꼽는데 주저하지 않는다. 예수가 죽은 지 2천년이 지났어도 전 세계적으로 추앙받는 이유는 바로 절대적인 사랑을 전파하며 인류를 위해 대속(代贖)해 죽은 인물이기 때문일 것이다. 예수의 의지가 무엇인가? 예수의 능력이 무엇인가? 바로 무한히 사랑하라는 절대 나눔과 희생정신이다. 예수의 의지는 "네 이웃을 네 몸과 같이 사랑하라는 것", 인류를 대신해 십자가에 못 박혀 죽으면서도 세상을 구원하겠다는 반듯한 의지가 있었다는 것이다. 이처럼 의지와 능력과 관심을 곱하면 그만큼 지도자로서의 파워가 커지며, 그만한 힘을 가진 자만이 지도자가 된다고 나는 생각한다.

오늘의 리더십은 오늘에 통하는 리더십이 나와야 된다. 우리 시대가 요구하는 현재의 리더십은 바로 소통의 리더십이다. 따라서 앞으로 새로운 대통령이 될 사람도, 국회의원이 될 사람들도 모두 시대가 요구하는 소통형식을 갖춰야 한다.

리더십이라는 영어를 가만히 들여다보면 재미있는 해석이 가능하다. 리더십은 말 그대로 리더가 끄는 배라고 풀이할 수 있다. 이 배는 모든 것을 싣고 간다. 이 배가 가기 위해서는 기름도 있어야 되고, 배의 형태도 있어야 하고, 엔진도 있어야 되고, 방향키도 있어야 된다. 한마디로 배에 필요한 요소요소들이 하나로 통합되어야 리더십이라는 배가 잘 나아갈 수 있는 것이다. 필자는 리더십이라는 영어단어를 들여다보면서 어쩜 이렇게 기가 막히게 잘 만든 단어일까 하는 감탄을 금치 못한다. 리더는 자신이 끌고 가는 배의 선체이다. 바람을 타고 방향을 정해서 가는 총괄적인 모양이 리더가 가지는 배(Ship)이다. 그래서 리더십인 것이다. 따라서 시대가 요구하는 리더십은 어떤 때는 군함이어야 하고, 어떤 때는 쾌속정이어야 하고, 어떤 때는 공기부양정이어야 하고, 어떤 때는 수송선

이어야 한다. 위기의 시대에는 대포를 가지고 상대방을 제압할 수 있는 리더십이어야 하고, 무역의 시대에는 물류를 갖다 나르는 상선의 리더십이 있어야 한다. 그때그때 시대의 요구에 맞춰 상선도 됐다가 군함도 됐다가 잠수함도 돼야 하는 시대정신을 재빨리 캐치해 내야 되는 능력이 당대의 지도자들이 갖춰야만 할 리더십의 핵심 요건이다.

박정희 대통령이 활동하던 시대의 시대정신은 '배고픔과 가난의 극복'이었다. 그때는 '조국 근대화'가 가장 큰 화두였고, 박정희의 리더십은 경제대통령으로서 자신의 시대적 소명을 다하는 데 있었다. 당시엔 경부고속도로를 놓는 것이 산업화의 기본이었던 시대였기에 다른 것은 부차적인 문제였다. 그래서 그때 아무리 훌륭한 정치철학이 나오고, 인권문제가 부각되었다 하더라도 우선은 먹고 사는 문제를 해결하는 게 시대가 당면한 요구였고 과제였다. 물론 박정희 대통령이 다수의 바람을 위해 국가비전을 실행시키는 과정에서 자신의 주장에 반대하는 목소리를 제압하고 정치적 독재를 했다는 점을 부인할 수는 없을 것이다. 하지만 그 당시에는 그것이 대통령으로서 꼭 해야 할 불가피한 선택이었고, 그것을 지금의 프리즘으로 잰다는 것은 다소 억지스러운 평가가 아닐까 하는 게 필자의 생각이다.

이승만 대통령에 대한 평가도 반민주나 분단고착화 등의 부정적인 시각만으로 평가하기보다는 국가 자존심 회복이나 건국의 터전을 다진 인물로 평가하면 그만의 긍정적인 리더십이 나올 수 있다. 하와이대학 정치학과 서대숙 교수는 한겨레신문과의 인터뷰에서 이승만 대통령에 대해서 상당히 비판적인 주장을 해 필자의 눈길을 끌었다. 서 교수는 필자가 박사학위를 받은 모교의 박사논문 지도교수 중의 한분이면서 한국학센터 센터장도 역임하셨고 콜롬비아대학에서 김일성 연구를 한 북한전문가이다. 서 교수는 70년대 한국에 들어오려고 했지만 당시 김형욱 중정부장이 서 교수를 빨갱이라며 못 들어오게 해서 콜롬비아에서 학자로 오래도록 체류했던 특이한 경력을 지닌 분이다. 인터뷰기사에서 서 교수는 "광화문사거리에 모든 전직 대통령의 기념관이나 기념비를 다 세워도 반대를 안 하겠지만 이승만만은 안 된다"며 "제일 큰 원죄가 이승만은 남북을 분단시키고 고착시켰다"는 주장을 펴고 있다. 물론 서 교수도 역사를 전공한 학자이기 때문에 이승만 대통령에 대해서 그 나름의 역사적 평가를 할 수 있는 분이라고 생각한다. 하지만 나는 서 교수의 견해와는 좀 다른 의견을 갖고 있다. 무엇보다도 나는 그 시대에 감히 북진정책이라는 통 큰(?) 비전을 내놓고 이것을 무기삼아 미국하고 대등한 거래를 할 수 있었던 점을 높이 산다. 보잘 것 없었던 한국이 미국과 대등한 입장에서 미국을 압박하고 협상할 수 있었다는 건 어찌 보면 국가의 격을 한 단계 상승시킨 업적도 될 수 있다. 이승만 대통령은 국가의 자존심을 확실히 심어준 지도자이다. 이승만을 독재자다, 욕심에 빠졌다, 남북을 분단시켰다는 식으로만 평가해서는 안 된다는 것이 이승만 대통령에 대한 내 평가이다. 물론 그런 사실이 있었다는 것을 부인해서는 안 되겠지만 모든 사람이 공과를 따져서 공(功)이 60이고 과(過)가 40이라면 그 사람은 좋은 평가를 해야 마땅하지 않은가. 그런 의미에서 나는 이승만 대통령이 분명히 국가의 자존심을 심어준 대통령이라고 평가한다. 또한 해방 후의 그 어려운 상황에서 육군사관학교를 만들었다는 것도 높이 평가해야 할 부분이다. 정식 군대가 없던 시절에 북쪽에 대응하기 위해서 육군사관학교를 만들 생각을 했다는 것 자체로도 평범한 인물은 아니었다는 게 내 생각이다. 이승만 대통령의 이런 부분들도 그를 평가하는데 간과해선 안 될 부분이다.

지도자의 리더십은 시대에 따라 다르게 평가돼야 한다. 나는 박정희 대통령의 리더십도 이런 맥락에서 평가돼야 한다고 생각한다. 40년 전 리더십을 지금의 시각으로 독재자라고 폄하할 수만은 없는 것이다. 독재자가 옳다는 건 아니지만 그 시대에 그러한 패턴의 리더십이 부적절했다고 할 수는 없다는 것이다. 또한 외국의 전문가나 국가원수가 박정희 대통령을 '따르고 싶은 리더십을 갖춘 지도자'라고 평가했다면 최소한 그 리더에 대해서는 국민으로서 최소한의 경의는 표해야 된다고 본다. 그런 의미에서 나는 박정희 대통령 기념관 건립은 꼭 필요하다고 본다.

시대에 따른 리더십이 다 다르겠지만 21세기의 국가 지도자가 갖춰야 할 리더십은 사람의 마음을 얻는 섬김의 리더십이다. 주도하는 리더십보다는 섬김의 리더십, 봉사의 리더십이 필요하다. 국민이 얘기하는데 귀를 열어주는 열림의 리더십이 굉장히 중요한 가치로 부각될 것이다.

행복한
복지국가

세상에는 완전한 복지란 없다. 아무리 잘사는 나라라 해도 국민들의 모든 바람을 완벽하게 채워줄 수는 없는 법이다. 요즘 우리나라는 자고 일어나면 '복지' 또 '복지' 하며 복지만 잘되면 모든 게 다 해결될 것처럼 떠들어대는 복지만능주의 시대에 살고 있다.

지금 우리 사회에서 '복지'를 둘러싼 논란이 뜨거운 주제가 무상급식, 반값 등록금, 기름값 인하 등이다. 2012년 총선과 대선을 앞두고 대권후보들이나 국회의원후보들도 너나 할 것 없이 복지타령이다. 문제는 복지가 지나치면 '표(票)' 풀리즘으로 둔갑할 확률이 매우 높다는 것이다. 한 나라의 복지실현의 핵심은 정부의 재정 상태에 따라 얼마나 복지예산을 확보해놓고, 예산에 맞는 적정한 복지를 할 수 있느냐에 달려 있다.

복지의 메커니즘을 너무 현실적인 잣대로만 재다보면 자칫 개인의 행복권 추구라는 면에서 멀어질 수가 있다. 무엇보다 한 나라의 복지정책은 얼마나 많은 돈을 투자하느냐도 중요하지만 얼마나 국민들을 행복하게 살 수 있도록 배려하느냐는 것도 이에 못지않게 중요한 복지의 조건 중 하나라고 생각한다.

복지의 특별한 지점에 있는 나라가 방글라데시이다. 방글라데시는 세계에서 가장 못 사는 국가에 속하는 나라이지만 세계에서 가장 행복지수가 높다. 이 나라 사람들의 얼굴을 들여다보면 근심걱정이라곤 찾아볼 수 없는 지극한 평온하고 행복한 표정들이다. 하나같이 웃는 얼굴들이다. 방글라데시 사람들의 마음이 그만큼 풍요롭다는 의미이다.

내가 국회활동으로 방글라데시 국회의원을 만나 봐도 하나같이 웃는 얼굴이다. 그렇다면 이 사람들이 모두들 얼이 빠져서 그럴까? 그건 아니다. 어떤 의미에서 산업화가 덜되어 있기 때문에, 치열한 경쟁의 정도가 낮기 때문에 비교적 만족도가 높은 삶을 살고 있다고 본다. 방글라데시가 경제적으로 윤택하지 못해도 행복할 수 있는 이유는 교육이 잘 돼 있기 때문이다.

복지에 대해서 언급할 때 필자가 주목하는 나라는 말레이시아이다. 지금 동남아시아에서는 말레이시아가 태국보다 방문객이 더 많다. 왜 그런가? 제일 큰 이유가 국가가 안정돼 있기 때문이다. 외국인들이 말레이시아를 방문을 하던, 투자를 하던 나라 전체가 안정돼 있다는 게 외국인이 안심하고 말레이시아를 찾는 이유이다.

그렇다면 사람들은 왜 말레이시아를 가려고 하는가? 물론 천연자원이 많기도 하지만 다문화 다민족으로서 문화적인, 민족적인, 종교적인 갈등이 적다는 게 이유이다. 말레이시아가 다문화 다민족 국가이면서도 별다른 갈등 없이 평화적인 공존을 할 수 있는 건 문화적인 성숙도가 우리보다 훨씬 더 높고, 국가통합이 잘 되고 있기 때문이다. 말레이시아는 국가통합부라는 부서가 있어서 다문화, 다종교, 다민족에 대해서 다 인정을 해주고 있다. 그래서 아무도 피부색을 갖고 차별하는 것도 없고, 민족성을 갖고 제한하는 것도 없다. 군대를 가도 교회도 있고 이슬람 사원도 있고 힌두교 성전도 있어서 각각의 종교와 예배시간을 다 존중해주고 있다. 그렇게 함으로써 별다른 갈등 없이 국민들을 컨트롤하고 있다.

이에 비해서 우리는 다문화에 대한 정책이 거의 없는 실정이다. 지금 정부가 '이민청'을 만들고자 하는데 이것은 아주 좋은 정책이라고 본다. 필자는 여기에 더해서 국가통합 기능까지 더한 국가통합청을 만드는 게 더 낫지 않을까 하고 조심스럽게 정부에 제안하고 싶다, 이민청이라는 건 외국인을 받아들이기만 하겠다는 것이고, 그 다음 단계인 통합하겠다는 것에 대해서는 관심이 없다는 뜻이다. 따라서 이민청에 머무를 것이 아니라 차제에 '국가사회통합청' '국가사회통합부'라는 이름으로 다문화가정이나 외국인을 관리했으면 좋겠다. 그것은 '외국인을 받아들인다는 것뿐 아니라 애프터서비스까지 책임지겠다'는 의미의 부서이기 때문에 열린 마음의 문화적인 성숙도를 높일 수 있는 부서라고 생각한다.

복지문제를 생각하면서 우리가 잊어선 안 될 것이 외국인 노동자에 대해 더 이상 비인간적인 대우를 해서는 안 된다는 점이다.

우리는 불과 30년 전에 다른 나라에 가서 생업을 위해 근로자로 살았다. 그런데 지금 방글라데시, 카자흐스탄, 파키스탄 등 동남아시아에서 우리나라에 근로자로 오는 사람들에게 우리는 어떻게 대하고 있는가. 외국인노동자들은 공장에서 일하는데 팔이 잘리고 손가락이 잘리고 두들겨 맞는 경우가 너무나 많다. 오죽하면 그들이 하나같이 하는 말이 "제발 때리지 마세요"겠는가. 이건 짐승의 국가지 사람의 국가가 아니다. 이런 면이 다 대한민국의 문화라는 것이다. 우리가 언제부터 그렇게 잘살았다고, 그들보다 얼마나 인격적으로 높다고 어떻게 똑같은 사람을 그렇게 막 대할 수가 있단 말인가? 물론 일을 못하면 거기에 상응한 조치를 해야 된다. 그것도 월급을 깎거나 잔업을 시키는 등 얼마든지 인간적으로 제재할 수 있다. 그런데 일 잘 못한다고 두들겨 패고 손발이 잘려도 방치해 놓는 게 어디 사람이 할 짓인가. 필자는 안산에 있는 외국인

병원에서 산업재해를 당한 외국인근로자들이 '사장님이 우리를 개, 돼지 취급한다'는 소리를 너무나 많이 들었다. 그곳에선 정말 한국인임이 부끄러운 상황이 한 방 건너 한 방에서 바로 연출되곤 한다. 파키스탄에서 선생님을 하다가 왔다는 한 친구는 한쪽 팔이 완전히 불구가 됐는데도 찾아오는 사람도 없고 병원비도 없다고 한다. 사고가 나자 공장장이 병원에 그냥 내려놓고는 가버렸다는 것이다. 그는 집에 갈 비행기 티켓비도 없고, 병원비도 없고, 보험도 안 된다. 이러고도 우리가 잘사는 국가라고 말할 수 있는가? 우리가 지금 추구하는 복지는 단순하게 잘사는 국가만을 지향하는 복지여서는 안 된다. 우리나라는 지금 임금이 높은 나라, 월급만 높은 나라지, 대등한 평화적 공존, 인격적인 존중, 인권이 존중되는 사회, 문화적으로 성숙한 사회, 역사적인 자존심을 가진 국가와는 아무 관계도 없는 복지 패러다임만을 내놓고 있다. 문화적 성숙도를 높이는 방법이 포함되지 않은 복지패러다임은 복지로써 의미가 없다.

우리나라의 기본적인 복지패러다임은 1993년 이인제 노동부장관 재직 시에 거의 완성되었다. 우리나라는 1963년에 산업재해보상보험제도가 제정된 이래, 1976년에 의료보험제도, 1988년에 국민연금제도, 1995년에 고용보험제도가 제정돼 사실상 사회보험제도가 완성되었다. 특히 1993년 이인제 노동부장관 시절, 고용보험

법을 제정해 1995년에 사업장에 전면 시행되었다. 따라서 복지의 기본프레임은 어느 정도 구축된 셈이다.

특히 한국의 건강보험은 세계에서 가장 잘 돼 있다. 그러니 미국의 오바마 대통령도 자신의 임기 중에 한국형 의료보험제도를 구축하려고 하지 않는가. 그런데도 여건이 마련돼 있지 않아 쉽지 않은 상황이다. 이렇게 어려운 게 의료보험제도인데 우리는 나름대로 세계에서 몇 안 되는 완벽에 가까운 의료보험제도를 갖춘 나라이다.

21세기에 꼭 필요한 복지는 인간답게 사는 나라, 사는 것으로 행복한 나라, 인간적인 인격이 존중되는 나라가 되기 위한 복지가 돼야 한다. 방글라데시가 그렇게 가난하고 산업화가 안 되는 나라인데도 국민들이 행복하게 사는 건 인간 삶에 대한 분명한 존중이 있기 때문이다. 나는 현대의 복지는 국민들이 인간으로서 행복하게 살만하다고 피부로 느낄 수 있는 정책을 세우는 것이라고 생각한다.

지금 우리는 잘먹고 잘사는 차원의 복지를 논할 단계는 지났다. 현대사회의 복지는 국민들에게 상대적 빈곤을 느끼지 않게 해주는 것이다. 자긍심을 느끼도록 해주는 복지. 복지의 가장 큰 틀은 국민 모두가 이 나라에 대해서 자랑스러운 마음을 갖도록 하는 것이 아닐까.

우리는 이제 문화의 성숙도와 경제성장의 불균형을 극복하는 방안을 모색해야 한다. 경제성장은 세계 13위이지만 문화의 성숙도는 30위권에 머무르는 나라. 현재 한류는 전 세계적으로 한국을 대표하는 문화현상이 되고 있다. 2010년 한 해 동안 한류로 벌어들인 부가가치 수입만 6조 6천억 원이었다고 한다. 필자가 관련돼 있는 우리나라 방산수출의 2020년 목표가 4조원이니 한류가 국가 이미지 향상은 말할 것도 없고 얼마나 대단한 경제성과를 거뒀는지는 말하지 않아도 알만한 일이다. 우리나라는 문화에 의한 성장은 세계 최고 수준임에도 불구하고 국민 전체의 문화의식 성숙도는 굉장히 낮다. 따라서 문화의 성숙도를 어떻게 높일지가 미래 한국의 복지목표에 또 다른 과제가 아닐 수 없다.

이제 21세기를 이끌어갈 대통령부터 정치지도자에 이르기까지 한국의 복지는 '잘 사는 국가만을 추구하는 것'에서 한걸음 나아가 '행복한 나라, 행복한 국민'을 만드는 데 힘써야 한다. 이제까지 우리가 압축과 고속성장으로 숨고를 틈도 없이 선진국의 문턱에 왔다면 지금부터는 한번쯤 숨을 고르고 앉아서 정말 행복한 나라가 되기 위해서는 무엇을 준비해야 할 것인가를 국가와 국민이 다함께 머리를 맞대고 고민해야 할 때가 왔다.

국민이 행복한 나라가 되려면 관대함이 있어야 되고, 문화의 성숙도가 있어야 되고, 교육의 성숙도가 있어야 되고, 경제성장에 상응하는 강한 군대도 있어야 되고, 역사에 대한 자부심도 있어야 한다. 따라서 21세기를 이끌어갈 한국의 지도자는 4만 달러 시대를 열기 위한 경제대국 건설에 국가목표를 둘 것인지, 온 국민이 행복할 수 있는 문화적 성숙도를 높이기 위한 문화대국 건설에 국가목표를 둘 것인지 고민해봐야 할 것이다.

21세기에 우리가 추구해야 될 복지는 모두가 잘 사는 복지가 아니라 모두가 자신의 삶에 자부심을 느끼고 편안하게 살 수 있는 복지여야 한다. 이것은 링컨이 말한 "내가 정치를 함으로써 더 나은 사회가 된다"는 소명의식 내지는 사회의 일원으로서 꼭 필요한 존재로 개개인의 국민이 느낄 수 있는 의미의 복지국가를 만들어야 한다는 뜻이다. 그러기 위해서는 국민들이 '행복하다'고까지 느끼지는 않더라도 최소한 '나는 이 사회에 존재함으로서 편안하다', '나는 살만한 가치가 있다' 정도는 느낄 수 있는 사회를 만들어주는 것이 지도자의 역할이 아닐까. 그래서 국민들이 삶에 대한 긍정적인 생각과 자부심, 삶의 의미를 스스로 느끼게 되면 자연스럽게 국민들은 국가에 대한 자긍심을 갖게 될 것이다.

외교력과
국격(國格)

　우리 역사의 전환점에는 시대를 초월해 명민한 외교술을 펼쳤던 인물들이 많았다. 통일신라의 위업을 이룬 김춘추가 그랬고, 위기의 고려를 뛰어난 외교술로 구해낸 서희가 그랬다. 시대를 명멸해 간 수많은 외교관들의 맹활약 속에 대한민국은 급기야 반기문이라는 유엔사무총장까지 낳기에 이르렀다.

　일본은 유엔에서 1957년부터 5개국이 거부권을 행사하는 상임이사국 지위를 획득하기 위해서 50년 이상 노력해 왔지만, 상임이사국도 유엔사무총장도 배출하지 못했다. 반면에 우리는 상임이사국 지위를 위한 노력은 고사하고 유엔에서 제 목소리를 낸지가 10여년밖에 안 됐지만 유엔사무총장을 배출하고 연임까지 하는 신임을 얻고 있다. 그럼에도 불구하고 전 세계에 흩어져 살고 있는 국민의 인권이나 안전에 대한 대책에서는 우왕좌왕하고 임기응변식 대처로 일관하는 등 낮은 수준에 머물러 있다. 그나마 다행스러운 것은 우리가 2010년부터 도움을 받는 국가에서 주는 국가로 위상이 바뀌었다는 점이다.

대한민국은 세계평화유지활동도 1993년부터 시작했지만, 20년도 안 되는 짧은 역사에서 PKO 활동을 가장 잘하는 국가로 인정받고 있다. 또한 해외봉사에 있어서도 우리나라 봉사단은 세계 어느 곳이든 진출하지 않은 나라가 없다.

이처럼 민간외교수준이 국가의 전문외교관의 외교능력보다 별로 떨어지지 않을 정도로 활동범위도 넓어지고, 하는 일도 다양하고, 수준도 높다.

외교는 우리 국가의 대외적인 격을 높이는 일이다. 외교를 통해 국격이 높아지면 세계가 우리를 바라보는 눈이 달라진다. 그렇게 되면 국가의 외교력도 그만큼 뛰어나야 하는데, 지금 우리나라의 외교관의 역량은 50년 전에 비해서 크게 나아지지 않은 실정이다. 이처럼 외교관의 역량이 나아지지 않는 이유는 외교관 선발고시인 외무고시에 문제가 있기 때문이다. 왜냐하면 외교관 지망생들은 외무고시에 합격만 되면 평생 직업외교관으로서 지위가 보장되기 때문에 여느 직장인처럼 치열하게 경쟁하지 않아도 어느 정도 사회보장은 되게 돼있다. 사정이 이렇다 보니 외교관의 실력은 정체되게 되고, 급격하게 변하는 세계의 발전 추세에 능동적으로 적응할 수가 없게 된다. 세계가 급격하게 변하고 민간인들의 수준이 높아지는 것에 비해서 외교관들의 국제 활동은 미미하고 문턱은 너무 높다. 우리나라 외교관들은 아직도 자신은 어깨에 견장을 달고 사는 사람들이고 민간인은 대사관 문턱을 기어들어가는 사람이라는 의식을 가지고 외교업무를 보고 있다. 그래서 차제에 이러한 외교관의 실력 정체도 해소하고 외부인력을 통한 경쟁력 재고도 꾀하자는 취지로 필자는 전문외교대학원을 만들자는 법안을 국회에 제출하기도 했다. 지금 법대에서 법조인을 양성하는 로스쿨처럼 전문외교관을 양성하는 대학원을 만들자는 것이었다. 그러면 기존의 외시를 통해서 들어온 사람들도 어느 정도 인정해주고, 일정 인원은 부모들이 외교관이었거나 외국에 오래 상주한 상사 주재원의 자제들도 기용할 수 있다. 하지만 예상했던 대로 기득권 세력의 반대로 법안은 통과되지 못했다.

18대 국회에 들어와서 나는 민간외교의 중요성을 절감해 국익에 도움이 될 만한 일들을 찾아 세계 10여개국을 방문하는 바쁜 일정을 소화해냈다.

나는 개인적으로 세계평화모임의 리더스카운스(전세계에 12명의 지도자)가 되어 한국 대표 지도자로 세계평화를 위한 다양한 활동에 활발하게 참여하고 있다. 또한 스포츠를 통해 세계평화를 구현해 보자는 취지로 동북아 6개국 청년 축구단을 구성해 축구를 통한 평화활동을 추진하고 있다. 북한의 청년축구단도 동북아 6개국 청년 축구단 활동에 참여하고 있다.

최근에는 세계평화모임의 지도자 임원의 한 사람으로서 한국의 새마을운동 모델을 개발도상국에 교육, 확산시키는데 노력하고 있다. 이를 위해 2010년 11월에는 케냐의 키바키 대통령이 직접 필자를 초청해 케냐에 가서 2만 명의 케냐인들을 모아놓고 새마을운동 세미나도 하고, 새마을 운동 동참에 대한 특별강연도 하고, 페스티벌도 하고 왔다.

나는 의원 활동을 하면서 몽골대통령의 초청으로 몽골을 10회나 다녀왔다. 지난 6월에는 몽골의 엘바라이드 대통령이 미국의 오바마 대통령과 워싱턴에서 정상회담을 갖고, 다음날 미 의회에서 특강을 하는 자리에 내가 초대를 받아 미의회에 간 적이 있다. 몽골은 과거 북한과 같은 공산주의의 경험을 가졌다가 지금은 민주화를 이뤄 시장경제를 하고 있는 나라이기 때문에 누구보다 북한의 사정을 잘 안다. 그리고 지금도 북한과 몽골은 국가적으로 우호적인 관계에 있는 나라들이다. 북한과 몽골의 이런 관계를 잘 알고 있는 정치인으로서 나는 몽골대통령에게 기회 있을 때마다 북한에게 민주주의를 가르치고 남북관계 개선에 적극적인 역할을 해줄 것을 당부드리곤 했다. 지난 8월 23일에서 26일에는 동북아 6개국과 몽골이 참여해 한반도 평화를 위한 몽골의 역할에 대한 세미나를 가졌다. 이 세미나는 필자와 미국의 팔레오메베가 의원, 몽골의

북중친선협회회장인 오칠바트 의원이 공동주최를 하는 국제회의
였다. 사비를 들여 진행한 국제회의에서 7개국 국회의원들과 정치
인들이 모여서 국제협력에 관한 공동관심사에 대해서 논의하는 의
미 있는 시간을 가졌다.

이런 활동을 통해서 대한민국 국회의원으로서 개인적으로 국가
의 국격과 외교를 위해서 열심히 노력하고 있다는 것을 이 지면을
빌어 말씀드리고 싶다.

나는 2004년부터 지금까지 '북한인권을 위한 세계국회의원모임'
의 사무총장으로 몽골, 캄보디아, 일본 등에서 수차례 국제회의를
개최하고 연설도 하면서 한국을 비롯한 국제사회가 북한인권문제
에 관심을 가져 줄 것을 요구했다. 이를 통해 김정일 정권에 북한주
민들의 인권개선을 촉구하는 압력을 행사해 줄 것을 부탁했었다.

나는 국회의원이라는 배지를 달고 이 나라의 국격을 높이기 위
해 더 많은 나라와 외교를 확대하고, 국익에 도움이 되는 외교를
펼치며 민간외교사절로서 그 누구보다도 열심히 국가를 위해 헌신
해 왔다고 말하고 싶다.

나는 18대 국회에서 '외교력이 곧 국가브랜드를 높인다'는 신념
으로 내가 할 수 있는 한 민간외교사절로서의 모든 일에 헌신적으
로 임했다. 그 결과 한일의원연맹회원, 한국-몰타 의원친선협회
부회장, 민주태평양연맹(DPU) 한국의원협의회 회장, 북한자유이
주민 인권을 위한 국제의원연맹(IPCNKR) 사무총장 등을 맡아 활

발하게 외교활동을 하면서 대한민국 국격 신장에 작으나마 내 역할을 다하고 있다. 특히 IPCNKR 사무총장 활동을 통해 세계에 북한인권에 대한 실상을 알리고 각 국가에서 '북한인권법 제정'을 하도록 하는데 노력을 경주하고 있다.

최근에는 국제평화협회(GPF, Global Peace Festival) 대회장을 맡아, 세계평화사절단으로 활동하고 있으며, 특히 한국의 경제성장의 원동력이 된 새마을운동과 한국식 경제성장을 전수하고 있다. 이밖에도 그동안 구축해 놓은 외교 인프라를 통해 자원 외교와 경제외교(방산수출)에 국방전문가로서의 그동안의 경험을 쏟아 부어 국가의 이익을 위해 나름대로 힘쓰고 있다.

국회의원을 하면서 8년간을 해외활동을 하다 보니 대한민국의 세계적 위상이 그 어느 때보다 높아졌음을 실감할 수 있었다. 세계의 지도자들은 대한민국을 'G20 정상회담을 개최한 국가, 세계 14위의 경제국'이라며 경외와 놀라움의 시선으로 바라보고 있다. 이처럼 세계의 주목을 받는 국가의 의원이다 보니 요즘엔 대한민국이라는 이름에 대한 자부심과 동시에 대한민국의 국민을 대표하는 의원으로서의 막중한 책임감마저 느끼게 된다. 그럼에도 불구하고 아직까지 대한민국의 국가 브랜드는 실제보다 훨씬 저평가돼 있는 실정이다. 국제적 국가브랜드 평가기관인 독일 '안홀트-GMI사'의 국가브랜드 지수(NBI) 조사 결과를 보면 한국은 50개국 가운데

2008년 33위, 2009년 31위에 머무르고 있다.

특히 미국 인터브랜드가 선정한 '글로벌 100대 브랜드'에서 삼성전자가 19위, 현대자동차가 65위에 올랐다는 점에서 한국기업이 아무리 잘해도, 한국이라는 브랜드 이미지가 낮아 코리아 디스카운트가 이루어질 수밖에 없다는 생각을 하게 됐다.

이제 우리도 G20 정상회담을 개최한 선진국답게 대한민국의 이미지를 제고할 수 있는 방법을 보다 적극적으로 모색해 봐야 할 때이다. 나는 우리나라의 국가브랜드 향상을 위한 전략으로 대외원조 확대 및 강화(한국식 경제성장에 관한 노하우 전수)에 힘쓰고, 세계 평화를 유지하기 위한 PKO 파병 확대 등을 통해 세계경제 14위 대국에 맞는 국제협력에 좀 더 적극적으로 나서야 한다고 생각한다. 이를 통해 대한민국이 세계평화와 인류공영에 주도적인 역할을 하는 나라라는 이미지를 심어줄 때 우리는 전 지구촌 시대를 주도하는 주역으로 세계를 선도해 나갈 수 있을 것이다.

5

에필로그

그래도 못 다한
이야기들

정약용은 〈목민심서〉에서 "수행(隨行)을 줄이고 안색을 부드러이 하여 백성들에게 묻고 알아보면 기뻐하지 아니한 자가 없을 것이다"며 백성을 향한 목민관의 바른 자세를 말하였다. 200년이 지난 오늘날에도 정치인의 수행지침으로 삼을만한 따끔한 죽비소리가 아닐 수 없다. 지난 7년간 국회의원으로서 나는 얼마나 성숙되고 올바른 정치인이었는지를 새삼 돌이켜보게 된다. 아직도 못 다한 일들이 저리도 많은데 벌써 새롭게 신발끈을 고쳐 매야 할 시간이 다가오고 있다.

나는 아직도 정치가가 아니다, 아니 숙달되고 세련된 정치가가 되지 못하고 있다. 타협도 협상도 서투르다. 더구나 카메라 앞에서 좀 더 여성스러운 그리고 사랑받는 모습으로 말하는 기술도 없다. 오직 열정과 가슴 하나뿐이라고 절규한다. 때문에 무섭다, 강하다, 저돌적이다, 여성스럽지 못하다, 드세다, 독선적이다 등등 사랑스럽지 못한 평가를 받는다. 그리고 이런 모습을 고치라는 애정 어린 충고도 많이 듣는다. 연설학원에 가라, 화장을 고쳐라, 옷 색깔을 바꿔라, 심지어 성형을 하라는 등등. 그럼에도 불구하고 나는 그대로이다. 고집을 위한 고집도 아니고 오만도 아니다. 그냥 비정치적인 채로 나를 지키고 싶다. 나는 당최 나를 바꾸지 못하고 있다. 내가 이 책을 쓰는 이유는 다시 다음 선거에 이기고 싶다는 생각에서의 오기도 아니고 지난 3년간 한가운데가 아닌 철저히 소외된 정치인으로서의 삶에 대한 한풀이 때문도 아니다. 또한 이제야 뒤늦게 발동한 권력의 맛을 알아서도 아니다. 가수 임재범이 '나는 가수다'에서 '여러분'이라는 노래를 부르고 무대 뒤로 와서 한 첫마디가 "이제까지 나는 내가 노래를 잘한다는 것을 보여주기 위해서 노래를 했는데, 오늘 처음으로 나는 노래를 하지 않으면 안 된다는 것을 느꼈다"고 말했다. 그렇다. 나도 지난 18대까지는 국회의원배지를 한번 더 달고 싶어서 국회의원을 했다. 국회의원이 대단한 벼슬이고 출세라고 생각하는 세상사람들이 많았으니까. 그러나 이제 나는 국회의원배지를 더 오래 달기 위한 국회의원은 더 이상 의미가 없다고 생각한다. 그것보다는 링컨이 말한 정치인의 소명을 다하고 싶어서 국회의원을 하고 싶다. 즉 내가 있음으로서 좀 더 나은 세상이 되는 일을 하고 싶다. 그리고 정치는 조금 더 나은 세상을 만들 수도 있다고 생각한다. 송창식, 윤형주, 조영남, 김세환 등의 통기타가수와 팝스타들은 나의 20대에 신선한 충격이고 꿈이었다. 미국에 유학 가서 들은 마이클 잭슨의 '문워크'와 '빌리진'은 그 어떤 책보다 신선한 충격이었다. 그러나 최근 나도 정치를 해야 한다는 소명의식이 들게 한 것은 '나는 가수다'의 임재범의 출현과 소설가 최인호의 〈낯익은 타인들의 도시〉라는 소설과 링컨의 리더십에 대해 쓴 〈권력의 조건〉을 읽은 데서 연유된 바가 크다.

최인호는 소설 〈낯익은 타인들의 도시〉 출간 인터뷰에서 "나는 남들이 알아주지 않는 그곳에서 얼마나 숨죽여 살아왔는가?"라고 고백하고 있다. 최인호 선생의 이 한마디에 나는 왈칵 눈물이 쏟아졌다. 나야말로 지난 3년간 얼마나 숨죽여 살아왔던가. 그런데 최인호 선생은 또 내 심정을 헤아렸다는 듯이 이렇게 말한다.

"나 불쌍하니까 좀 잘 봐달라는 어리광 섞인 하소연으로 들리지 않기를 바란다. 뿐만 아니라, 야, 이 자식들아 나는 아직 살아 있다고 말하고 싶다"

그래 송영선도 살아있다. 지난 3년 동안 나는 국회의원으로 살아있지 않았고 소명의식을 가진 정치가로 살아있었다. 최인호 선생은 또 말한다.

"3년 동안 암을 앓으면서 내가 이 말을 안 한 건 어떤 의미에서 내 자신을 암이란 걸 이용해서 앵벌이 하는 인상을 주고 싶지 않았기 때문이다."

어쩌면 그리도 내 마음과 같단 말인가. 사실 정치인은 선거로 당락이 결정된다. 선거에서 동정표는 상당히 중요한 것이다. 그럼에도 불구하고 나 자신을 유권자들에게 불쌍하게 보이는 쇼를 하고 싶지는 않았다. 그냥 정말로 처절하고 외롭고 쓸쓸하게 활동했지만 소명의식은 잊지 않고 살았다는 말만을 하고 싶다.

그리고 최인호 선생은 책의 말미에 정말 소름이 돋을 만큼 대단한 촌철살인을 날린다.

"내년 4월 1일 만우절에 기자회견을 열 것이다. 기자들을 앞에 두고 나는 솔직하게 고백할 것이다. 그동안 여러분을 속여서 미안하다. 내가 암에 걸렸다고 거짓말한 것은 외로워서 관심을 끌기 위함이었다. 그리고 껄껄 웃으며 큰소리로 소리칠 것이다. 뻥이야!"

그래 나도 그럴 것이다. 그동안 내가 지난 3년간 너무너무 힘들었다고 얘기하는 것은 여러분들의 관심을 끌기 위해서였다고. 그렇지만 당선되고 나서는 껄껄 웃으면서 큰소리로 소리칠 것이다. 이건 뻥이야! 라고.

〈빠삐용〉의 마지막 장면에서 스티브 맥퀸은 야자열매를 채운 자루와 함께 절벽에서 뛰어내린다. 뛰어내리면서 죽을지 살지는 아무도 모른다. 나도 마찬가지이다.

내가 망망대해에 몸을 던지는 심정으로 선거에 뛰어들 때 나는 이렇게 말하고 싶다.

“나는 살아있다. 이 망망대해를 성공적으로 헤엄쳐나갈지 어떨지 모르지만 나는 살아있다.”

지금의 내 소명의식은 〈빠삐용〉에 비유하자면 자유를 찾고 살아있고 생활하고 있다는 것을 보여주기 위함이다. 그리고 내 목소리가 있다는 것을 보여주기 위해서 나도 저 망망대해를 헤엄쳐 나갈 것이다

정치가란 정치를 하는 사람이 된다는 것이다. 내가 만들고 싶은 세상과 세상이 원하는 것이 꿈과 현실의 거리만큼 떨어져 있고, 때로는 뒤죽박죽이 되더라도 정치가는 좌절하지 않고 포기하지 않고 끊임없이 세상이 바라는 것을 만들기 위해 나아가야 한다. 지난하다, 포기하고 싶다, 칭찬보다 훨씬 많은 욕을 먹는다, 억울한 소리도 많이 듣는다, 그리고 아무도 정치하라고 강요하는 사람도 없다. 그러나 내 스스로 선택한 길이라면 먼저 나와의 약속을 지켜야 한다. 그리고 내가 있음으로 좀 더 나은 세상이 되도록 하겠다는 세상에 대한 약속을 지켜야 한다. 링컨은 23살 때 일리노이주 의회에 처음 진출하면서 이렇게 말했다.

“누구나 저마다의 고유한 야망을 갖고 있다고 합니다. 사실이든 아니든 저는 동포의 존경을 받을만한 사람이 되는 것 외에 다른 야망을 갖고 있지 않습니다. 제가 이 야망을 이룰 수 있을지는 아직은 알 수 없습니다.”

링컨은 존경받을만한 명성을 쌓아 죽은 후에도 자신의 이름이

회자되기를 열망했다. 그의 꺾이지 않는 확고한 목적의식은 암울했던 전쟁 속에서 그를 지탱해주는 힘이 됐다. 국민들의 존경을 받을만한 정치가가 되는 것보다 나에게 더 큰 의미는 없다. 내가 그 야망을 이룰 수 있을지는 지금으로선 장담할 수 없다. 그러나 정치가라는 장을 통해 링컨과 같은 친절, 겸손, 포용력과 중재력, 관대함 그리고 자신의 라이벌을 직접 끌어들여 최고의 내각팀을 꾸릴 수 있는 사랑과 관대함을 조금이라도 배우고 싶기 때문에 나는 이 책을 썼다.